詞繫

〔清〕秦巘 编著

鄧魁英 劉永泰 整理

第三分册

北京师范大学出版社

匯例詞牌總譜

汇例词牌总谱

詞繫卷七

宋

黃鶯兒九十六字　　柳永

園林晴晝春誰主韻暖律潛催句幽谷暄和句黃鸝翩翩句乍遷芳樹叶觀露濕縷金衣句葉映如簧語叶曉來枝上綿蠻句似把芳心句深意低訴叶　無據叶乍出暖烟來句又趁游蜂去叶恣狂踪迹句兩兩相呼句終朝霧吟風舞叶當上苑柳濃時句別館花深處叶此際海燕偏饒句都把韶光與叶

《樂章集》屬正宮，《九宮大成》入南詞商調正曲，一名《金衣公子》。《開元天寶遺事》：明皇每於禁苑中見黃鶯，常呼之爲金衣公子。

「觀」字、「當」字是領字，下各五言句，勿誤。《詞律》謂「催」字是「吹」字之誤，「谷」字以入作去，叶韻。愚按：「催」、「吹」二字無別，皆可解。「谷」字叶韻，非。《梅苑》二首皆四字句，並不叶韻。晁補之作「兩兩三三，修篁新筍」，王詵作「北圃人來，傳到江梅」，均作兩四字句。「暄和」之「和」字，《詞律》謂去聲，又改「暄」作「喧」。晁作「新筍」，王作「依稀」，無名氏作「紅芭」，其非去聲可知，或「筍」字以上作平耳。「似把」二字，晁作「遠林」，二字用平，王作「正好」，無名氏作「似睹」，與此同。「此際海燕」，晁作「怪來人道」，無名氏作「肯與梅臉」，平仄異，王作則無一字不同。想萬氏未見王詞，故臆見強分也。惟「黃鸝」二句，無名氏作「隱映疏篁，紅翠相間」略異，其餘平仄何能改易。《圖譜》亂注，《詞律》已駁之矣，茲不具論。「春誰主」三字，《汲古》作「誰爲主」，「恣」字作「恐」。「映」字，葉《譜》作「隱」。

此下俱見《樂章集》宋刊本，其未協者，依各本訂正。

又一體 九十六字　　晁補之

南園佳致偏宜暑韻兩兩三三句修篁新筍句出初齊句猗猗過檐侵户叶聽亂颭芰荷風句細灑梧桐雨叶午餘簾影參差句遠林蟬聲句幽夢殘處叶　凝佇叶既往盡成空句暫遇何曾住叶算人間事句豈足追思句依依夢中情緒叶觀數點茗浮花句一縷香縈炷叶怪來人道陶潛句做得羲皇侶叶

前段第三句七字，四句六字，與柳作異。

鬥百花 八十一字　一名夏州

煦色韶光明媚句輕靄低籠芳樹韻池塘淺蘸烟蕪句簾幕閑垂風絮叶春困厭厭句拋擲鬥草工夫句冷落踏青心緒叶終日扃朱户叶　遠恨綿綿句淑景遲遲難度叶年少傅粉句依前醉眠何處叶深院無人句黃昏乍坼鞦韆句空鎖滿庭花雨叶

本集屬正宮，原注亦名《夏州》。

《開元天寶遺事》：長安士女，春時鬥花戴插，以奇花多者爲勝，調名取與此，《鬥百草》無涉。

「終日」句五字，《詞律》謂是後段起句，然晁詞皆屬上段。柳又一首，第三句一作「長門深鎖悄悄」，一與晁同。第四句一作「滿庭秋色將晚」，換頭處一作「無限幽恨，寄情空殢紈扇」，頗多參差。「年少傅粉」，「粉」字以上作平。柳又二首，俱用平仄仄平。「心」字，葉《譜》作「情」。「風」字一作「飛」，「青」字作「春」。「擲」、「粉」作平。「輕」、「春」、「終」、「難」、「深」、「空」可仄。「冷」可平。

又一體 八十一字

滿搦宮腰纖細韻年紀方當笄歲叶剛被風流沾惹句與合垂楊雙髻叶初學嚴妝句如描似削身材句怯雨羞雲情意叶舉措多嬌媚叶　争奈心性未會叶先憐佳婿叶長是夜深句不肯便入鴛被叶與解羅裳句盈盈背立銀缸句卻道你還先睡叶

本集亦屬正宮。

首句起韻，第三句平仄異。換頭句六字，次句四字，皆叶，餘同前作。「還」字，宋刊本作「但」，《汲古》作「彈」，誤。考各家此字皆用平聲，今從毛扆校本。

又一體 八十字

汶妓閻麗　　晁補之

小小盈盈珠翠韻憶得眉長眼細叶曾共映花低語句已解傷春情意叶重向溪堂句臨風看舞梁州句依舊照人秋水叶轉更添姿媚叶　與問階上句簸錢時節句記微笑豆但把纖腰句向人嬌倚叶不見還休句誰教見了厭厭句還是向來情味叶

後段次三四句，一四、一七、一四字，與柳作句讀迥殊。舊譜於「記」字注叶，「把」字句，誤。詞中句法變化者甚多，只要平仄相同，無礙歌喉。如《訴衷情》一五、一七改爲三句四字，《人月圓》三句四字改爲一七、一五，比比皆是。《詞律訂》於「秋水」句分段，與柳作及後一首不協。「厭」平聲。

又一體 八十字

晁補之

斜日東風深院韻綉幕低迷歸燕叶瀟灑小屏嬌面叶彷佛燈前初見叶與選筵中句銀杯半折姚黄句插向鳳凰釵畔叶微笑遮紈扇叶　教展香裀句看罷霓裳促遍叶紅颭翠翻句驚鴻乍拂秋岸叶柳困花慵句盈盈自整羅巾句須勸倒金盞叶

後結句五字，比柳作少一字，餘同柳第一首。「罷」字，《汲古》作「舞」。

玉女摇仙佩 百三十九字

飛瓊伴侶句偶別珠宮句未返神仙行綴韻取次梳妝句尋常言語句有得幾多姝麗叶擬把名花比叶恐傍人笑我句談何容易叶細思算豆奇葩艷卉句唯是深紅句淺白而已叶爭如這多情句占得人間句千嬌百媚叶　須信畫堂綉閣句皓月清風句忍把光陰輕棄叶自古及今句佳人才子句少得當年雙美叶且恁相偎倚叶未消得憐我句多才多藝叶但願取豆蘭心蕙性句枕前言下句表余深意叶爲盟誓叶從今斷不辜鴛被叶

本集屬正宮。

或入《片玉集》，誤。「幾」字，《汲古》作「許」，「淺」字作「淡」，「畫」字作「華」。「但願取」三字，《汲古》、《詞律》作「願奶奶」，「從今」二字作「今生」。「辜」字，《詞律》作「負」，皆大誤。據宋本改正。

雪梅香 九十四字

景蕭索句危樓獨立面晴空韻動悲秋情緒句當時宋玉應同叶漁市孤烟裊寒碧句水村殘葉舞愁紅叶楚天闊豆浪浸斜陽句千里溶溶叶　臨風叶想佳麗句別後愁顏句鎮斂眉峰叶可惜當年句頓乖雨迹雲踪叶雅態妍姿正歡洽句落花流水忽西東叶無聊意豆盡把相思句分付征鴻叶

本集屬正宮。

《詞律》：恐「風」字偶合，非叶。愚按：過變處，每於第二字用韻，乃藏韻於句中，仍係五字句，北宋人詞中甚多，東坡尤着意於此，何得謂非叶！「無聊意，盡把相思」，《汲古》、《詞律》作「無聊恨，相思意盡」，據宋本改正。「獨」、「楚」、「可」、「雅」可平。「孤」、「千」、「分」可仄。

又一體九十四字

無名氏

歲將暮句雲帆風捲正淒涼韻見梅花呈瑞句□英淡薄含芳叶千片逞姿向江國句一枝無力倚鄰牆叶凝眸望豆昨夜前村句雅態難忘叶　爭妍鬥鮮潔句皓彩寒輝句冷艷清香叶姑射真人句更兼傅粉容光叶梁苑奇才動佳句句漢宮嬌態學嚴妝叶無聊恨豆獨對光輝句別岸垂楊叶

見《梅苑》。換頭第二字不叶韻。又一首和柳韻，於七字句皆用拗體，又前段第七句作六字，是脱誤，故不録。

尾犯九十五字

夜雨滴空階句孤館夢回句情緒蕭索韻一片閒愁句想丹青難貌叶秋漸老豆蛩聲正苦句夜將闌豆燈花旋落叶最無端處句忍把良宵句只恁孤眠卻叶　佳人應怪我句自別後豆寡信輕諾叶記得當時句剪香雲爲約叶甚時向豆幽閨深處句按新詞豆流霞共酌叶再同歡笑句肯把金玉珍珠博叶

本集屬正宮。《九宮大成》入南詞中吕宮引，許《譜》同。

此調名《尾犯》，定是結尾句別調，與《淒涼犯》尾句差同，但不知所犯何調耳。《詞律》謂依吴文英、蔣捷末句，順而易填，然吴作「遠夢越來溪畔月」，又一首「滿地桂陰無人惜」，蔣作「我逢着梅花便説」，上三下四字，與此差異。《汲古》誤入《夢窗乙稿》。「夢」、「緒」、「漸」、「正」、「怪」、「信」、「共」等字，去聲不可易。此調諸家皆用入聲韻，是定格。趙以夫一首用上去韻，不可從。「貌」音「莫」，《嘯餘》諸書皆誤。「想丹青」句，「剪香雲」句，是一領四句法，勿誤。《汲古》、許《譜》無「自」字，據宋本增。「正」字一作「最」，「旋」字一作「漸」，「忍」字，《汲古》作「總」，「當時」二字作「當初」，「詞」字作「調」。「夢」、「緒」、「漸」、「正」、「旋」、「怪」、「信」、「共」可平。「旋」去聲。「應」平聲。

又一體 九十八字　一名碧芙蓉

晴烟冪冪漸東郊芳草句染成輕碧叶野塘風暖游魚動句觸冰澌微拆叶幾行斷雁句旋次第句歸霜磧叶詠新詩豆手捻江梅句故人贈我春色叶　似此光陰催逼叶念浮生句不滿百叶雖照人軒冕句潤屋金珠句於身何益叶一種勞心力叶圖利禄豆殆非長策叶除是恁豆點檢笙歌句訪尋羅綺消得叶

本集屬林鐘商。

通首另一體格，與前迥異，「冪冪」二字，《汲古》作「幕」，失叶，「勞」字作「芳」，皆誤，今從宋本。

又一體九十四字

九日　　　　秦觀

客裡過重陽句孤館一杯句聊賞佳節韻日暖天晴句喜秋光清絶叶霜乍降豆寒山凝紫句霧初消豆瀲潭皎潔叶闌干閑倚句庭院無人句顛倒飄黃葉叶　故園當此際句遥想弟兄羅列叶攜酒登高句把茱萸簪徹叶歎籠鳥豆羈蹤難去句望征鴻豆歸心謾切叶長吟抱膝句就中深意憑誰説叶

後段第二句六字，比柳作第一首少一字，末句吴文英二首，作仄仄仄平平平仄，一作仄仄仄平平仄仄，微異。《詞律》所注平仄，較此詞不甚確，故不注。「客」、「一」、「賞」、「乍」、「故」、「此」、「謾」、「抱」可平。「霜」、「凝」、「瀲」、「闌」、「庭」、「無」、「攜」、「長」可仄。

又一體九十九字

無名氏

輕風淅淅韻正園林蕭索句未回暖律叶嶺頭昨夜句寒梅初發句一枝消息叶香苞漸拆叶天不許豆雪霜欺得叶望東吴豆驛使西來句爲誰折贈春色叶　玉瑩冰清容質叶迥不同豆群花品格叶如曉妝匀罷句壽陽香臉句徐妃粉額叶好把瓊英摘叶頻醉賞豆舞筵歌席叶休待聽豆臨風嗚咽句數聲月下羌笛叶

見《梅苑》。前段第四、五、六句各四字，七句叶韻。八句、後段次句皆七字，比柳作各多一字，餘同柳第二首。「膾」字當是「臉」字之訛。「瑩」去聲。

碧芙蓉九十九字

廬山　　晁補之

廬山小隱韻漸年來疏懶句寢濃歸興叶彩橋飛過句深溪池底句奔雷餘韻叶香爐照白句望處與豆清霄近叶想群仙豆呼我應還句怪曉來豆鬢絲垂鏡叶　海上雲車回軔叶少姑傳句金母信叶森翠裾瓊佩句落日初霞句紛紜相映叶誰見湖中景叶花洞裡豆杳然漁艇叶別是個豆瀟灑乾坤句世情塵土休問叶

此與柳作第二首同，只「怪曉來」多一「怪」字，自是一調無疑。《詞律》謂「鬢絲」應作「絲鬢」，不可擅改。「白」字，《汲古》作「日」。「應」平聲。

早梅芳慢百五字

海霞紅句山烟翠韻故都風景繁華地叶譙門畫戟句下臨萬井句金碧樓臺相倚叶芰荷浦溆句楊柳汀洲句映紅橋倒影句蘭舟飛棹句游人聚散句一片湖光裡叶　漢元侯句自從破虜征蠻句峻陟

樞庭貴叶籌帷厭久句盛年晝錦句歸來吾鄉我里叶鈴齋少訟句宴館多歡句未周星豆便恐皇家句圖任勛賢句又作登庸計叶

本集屬正宮。

此與《早梅芳》、《早梅芳近》皆無涉，宋本無「慢」字。

此詞亦見《花草粹編》。前後段語意不倫，每段僅三韻，恐有錯誤。但宋本如是，存以俟考。

送征衣 百二十字

過昭陽韻璿樞電繞句華渚虹流句運應千載會昌叶罄寰宇豆薦殊祥叶吾皇叶誕彌月句瑤圖纘慶句玉葉騰芳叶並景貺豆三靈眷祐句挺英哲句掩前王叶遇年年豆嘉節清和句頒率土稱觴叶　無間要荒華夏句盡萬里豆走梯航叶彤庭舜張大樂句禹會群方叶鵷行叶趨上國句山呼鼇抃句遙爇爐香叶競就日豆瞻雲獻壽句指南山豆等無疆叶願巍巍豆寶曆鴻基句齊天地遥長叶

唐教坊曲名，本集屬中呂宮。

此調他無作者，平仄不可改易。《詞律》以「南山」山字比前段，謂是「岳」字之訛，究屬臆度。「皇」字、「行」字是藏韻，非葉韻，作者不可斷作兩句。「大」字，《汲古》作「太」、「方」字作「芳」，重韻，今據宋本改正。「昭」字，宋本作「韶」，未確。「頒」字一作「頌」。「齊天地遥長」五字，一作「天地遥長」。

晝夜樂九十八字

洞房記得初相遇韻便只合豆長相聚叶何期小會幽歡句變作別離情緒叶况值冊珊春色暮叶對滿目豆亂花狂絮叶直恐好風光句盡隨伊歸去叶　一場寂寞憑誰訴叶算前言豆總輕負叶早知恁地難拚句悔不當初留住叶其奈風流端正外句更別有豆繫人心處叶一日不思量句也攢眉千度叶

本集屬中吕宫，《九宫大成》入北詞平調隻曲。

「暮」字叶，「外」字不叶，黄庭堅作亦然。兩結句是一領四字句法，與《石州慢》相似，勿誤認。宋本無「長」字，「別離情緒」四字作「離情別緒」，「初」字作「時」，仍從《汲古》本。「記」、「只」、「合」、「變」、「別」、「值」、「色」、「滿」、「目」、「直」、「總」、「早」、「悔」、「正」、「有」、「一」可平。「情」、「珊」、「當」、「留」、「流」可仄。「一日」之「一」作平。

柳腰輕八十二字

贈妓

英英妙舞腰肢軟韻章臺柳句昭陽燕叶錦衣冠蓋句綺堂筵會句是處千金争選叶顧香砌豆絲管初調句倚輕風豆佩環微顫叶　乍入霓裳促遍叶逞盈盈豆漸催檀板叶慢垂霞袖句急趨蓮步句進退奇容千變叶算何止豆傾國傾城句暫回眸豆萬人腸斷叶

本集屬中吕宫，《九宫大成》入南詞小石調正曲，許《譜》同。「會」字，《汲古》、《詞律》作「宴」，「算」字作「笑」，據宋本改正。

安公子 八十字　一名公安子

長川波瀲灧韻楚鄉淮岸迢遞句一霎烟汀雨過句芳草青如染叶　驅馬攜書劍叶當此好天好景句自覺多愁多病句行役心情厭叶　望處曠野沉沉句暮雲黯黯叶行侵夜色句又是急槳投村店叶認去程將近句舟子相呼句遥指漁燈一點叶

唐教坊大曲名。《碧鷄漫志》云，據《理道要訣》，唐時安公子在太簇角，今已不傳。其見於世者，中吕調有《安公子近》，般涉調有《安公子慢》，尾聲皆無所歸宿，亦異已。《樂章集》屬中吕調，《九宫大成》入南詞正宫正曲，一名《公安子》，蔣氏《十三調譜》亦注正宫。

《教坊記》云：安公子，隋大業末，煬帝幸揚州，樂人王令言以年老不去，其子從焉。其子在家彈琵琶，令言驚問此曲何名，其子曰：「内裡新翻曲子，名《安公子》。」令言流涕悲愴，謂其子曰：「爾不須扈從，大駕必不回。」子問其故，令言曰：「此曲宫聲往而不返，宫爲君，吾是以知之。」

《詞律》云：此調當作三疊，「如染」句分一段，亦雙拽頭也。宋本分兩段，今從《詞律》。據《碧鷄漫志》當加「近」字。

又一體百六字　　柳永

遠岸收殘雨韻雨殘稍覺江天暮叶拾翠汀洲人寂靜句立雙雙鷗鷺叶望幾點豆漁燈掩映蒹葭浦叶停畫橈豆兩兩舟人語叶道去程今夜句遥指前村烟樹叶　游宦成羈旅叶短檣吟倚閒凝佇叶萬水千山迷遠近句想鄉關何處叶自別後豆風亭月榭孤歡聚叶剛斷腸豆惹得離情苦叶聽杜宇聲聲句勸道不如歸去叶

本集注般涉調。

此與前調迥異，當是《安公子慢》。前調當加「近」字。「立雙雙」句、「道去程」句，皆一領四句法，後段同。「雨殘稍覺」，晁作「閬苑花間」，平仄不同。「遥」字，《汲古》作「摇」，「檣」字作「牆」，「道」字作「人」。「宇」字一本作「鵑」，皆誤，今從宋本。「拾」、「掩」、「去」、「短」、「月」、「宇」、「不」可平。「遥」、「烟」、「吟」、「鄉」、「歸」可仄。

又一體百四字　　晁補之

送進道四弟官無爲

柳老荷花盡韻夜來霜落平湖淨叶征雁橫天句鷗舞亂句魚游清鏡叶又還是豆當年我向江南興叶移畫船豆深渚蒹葭映叶對半篙碧水句滿眼青山魂凝叶　一番傷華鬢叶放歌狂飲猶堪逞叶水

驛孤帆明夜事句此歡重省叶夢回處豆詩塘春草愁難整叶宦情與歸思終朝競句記他年相訪句認取斜川三逕叶

前後第四句比前各少一字。「事」字《汲古》、《詞律》誤在「重」字下，「思」字作「期」，誤，據《詞譜》改正。「征雁」句照柳、杜兩作當作七字句，「天」字略逗，《詞律》於「天」字句，「亂」字逗，誤。後段同。「興」、「凝」、「番」、「思」去聲。

又一體百六字

杜安世

又是春將半韻杏花零落閑庭院叶天氣有時陰淡淡句綠楊輕軟叶連畫閣豆綉簾半捲叶招新燕叶殘黛斂豆獨倚闌干遍叶暗思前事句月下風流句狂蹤無限叶　惜恐鶯花晚叶更堪容易相拋遠叶離恨結成心上病句幾時消散叶空際有豆斷雲片片叶遙峰暖叶聞杜宇豆終日哀啼怨叶暮烟芳草句寫望迢迢句甚時重見叶

前後第四句比柳作各少一字，與晁同。兩結三句各四字，與諸家異。兩第三句作七字句，原可於四字讀，但不可於五字豆。「捲」字、「片」字，雖叶韻，實藏韻於句中也，與《木蘭花慢》、《春從天上來》換頭處同。作者如用此體，即當遵從。《汲古》缺「遍」字。「殘黛斂」三字，葉《譜》作「斂殘黛」，「哀啼」二字作「啼哀」。

又一體百二字　陸　游

風雨初經社韻子規聲裡春光謝叶最是無情句零落盡句薔薇一架叶況我今年句憔悴幽窗下叶人盡怪豆詩酒消聲價叶向藥爐經卷句忘卻鶯窗柳榭叶　萬事收心也叶粉痕猶在香羅帕叶恨月愁花句爭信道豆如今都罷叶空憶前身句便面章臺馬叶因自來豆禁得心腸怕叶縱遇歌逢酒句但說京都舊話叶

前後第四句，與晁作同。第五、六句作一四、一五字，與諸家皆不同。「爭」字，葉《譜》作「怎」，「腸」字作「情」。「面」字一本作「向」，誤。「子」、「最」、「況」、「怪」、「柳」、「萬」、「粉」、「恨」、「便」、「但」、「舊」可平。「風」、「聲」、「憔」、「詩」、「猶」、「空」、「來」、「禁」可仄。「一」作平。

菊花新五十二字

欲掩香幃論繾綣韻先斂雙蛾愁夜短叶催促少年郎句先去睡豆鴛衾圖暖叶　須更放了殘針綫叶脱羅裳豆恣情無限叶留著帳前燈句時時待豆看伊嬌面叶

本集注中吕調，《子野詞》亦屬中吕調，《九宮大成》入南詞仙吕宮引，又入南詞中吕宮引。「新」一作「心」。周密《齊東野語》：宋思陵朝，掖庭有菊夫人，善歌舞，妙音律，名冠仙韶院，號菊部頭。恨不獲幸，稱疾歸。宦者陳源聘貯西湖。一日德壽按梁州舞，屢舞不稱旨。提舉官關禮知上意，奏曰：「非菊部頭不可」，於是再入。陳遂感悵成疾，客知其意，遂演爲曲，名《菊花新》，持以獻陳。陳大喜，酬田宅金帛不貲。教坊都管王公謹爲譜其聲，陳聞歌輒淚下。愚按：張先亦有此調，不始於高宗時也。

此調《詞律》未收，「著」字，宋本作「取」，又缺「伊」字，今從《汲古》。「論」平聲。「恣」、「看」去聲。「放」可平。「雙」、「須」、「時」可仄。

又一體 五十三字　　杜安世

怎奈花殘又鶯老韻檻裡青梅數枝小叶新荷長池沼叶當晴晝豆燕子聲鬧叶　亭欄花綻顏色好叶風雨催豆等閑開了叶酒醒暗思量句無個事豆恁生煩惱叶

前起二句、後起句，平仄拗，三句叶韻亦拗。後次句，《汲古》多一「催」字，誤重。或云「又鶯老」當作「鶯又老」，「色」字當是以入作平，杜別作平仄同，可見非誤。「恁生」二字，《汲古》作「甚剛」。「長」去聲。

戚氏 二百十二字　一名夢游仙

晚秋天韻一霎微雨灑庭軒叶檻菊蕭疏句井梧零亂句惹殘烟叶淒然叶望鄉關叶飛雲黯淡夕陽間叶當時宋玉悲感句向此臨水與登山叶遠道迢遞句行人淒楚句倦聽隴水潺湲叶正蟬吟敗葉句蛩響衰草句相應聲喧叶　孤館度日如年叶風露漸變句悄悄至更闌叶長天淨豆絳河清淺句皓月嬋

娟叶思綿綿叶夜永對景那堪叶屈指暗想從前叶未名未禄句綺陌紅樓句往往經歲遷延叶　帝里風光好句當年少日句暮宴朝歡叶況有狂朋怪侶句遇當歌對酒競留連叶别來迅景如梭句舊游似夢句烟水程何限换仄叶念利名憔悴長縈絆仄叶追往事豆空慘愁顔平仄漏箭移豆稍覺輕寒平叶聽嗚咽畫角數聲殘平叶對閒窗畔句停燈向曉句抱影無眠平叶

本集屬中吕調，《九宫大成》入南詞大石調引，又入北詞中吕調隻曲。《歷代詩餘》：本曲名爲詞調。

邱處機詞有「夢游仙」句，亦名《夢游仙》。

此調柳、蘇兩首，平仄大略相同。其不同者一二，照注如右，勿徇《圖譜》之誤。「年少」、「閑窗」皆中二字相連。「聲喧」二字，《汲古》作「喧喧」，今從《詞譜》。「鄉關」二字，《詞律》作「江關」。「淨」字，《汲古》作「静」，「烟」字作「裡」。「嗚」字，葉《譜》作「吟」，「怪」字作「快」，「向」字作「待」，今從宋本。「一」、「霎」、「聽」、「咽」作平。「黯」、「此」、「遠」、「隴」、「夜」、「往」、「别」可平。「淒」、「清」可仄。

又一體 二百十三字

蘇　軾

玉龜山韻東皇靈姥統群仙叶絳闕岩嶢句翠房深迥句倚霏烟叶幽閑叶志蕭然叶金城千里鎖嬋娟叶當時穆滿巡狩句翠華曾到海西邊叶風露明霽句鯨波極目句勢浮輿蓋方圓叶正迢迢麗日句玄圃清寂句瓊草芊綿叶　争解綉勒香韉叶鸞輅駐蹕句八馬戲芝田叶瑶池近豆畫樓隱隱句翠鳥翩翩叶肆華筵叶間作脆管鳴弦叶宛若帝所鈞天叶稚顔皓齒句緑鬢方瞳句圓極恬淡高妍叶　盡

倒瓊壺酒句獻金鼎藥句固大椿年叶縹緲飛瓊妙舞句命雙成奏曲醉留連叶雲璈韻響瀉寒泉叶浩歌暢飲句斜月低河漢換仄叶漸綺霞天際紅深淺仄叶動歸思豆迴首塵寰平叶爛漫游豆玉輦東還平叶杏花風豆數里響鳴鞭平叶望長安路句依稀柳色句翠點春妍平叶

李端叔跋：東坡在山中，燕席間有歌《戚氏》調者，坐客言調美而詞不典，以請於公。公方觀《山海經》，即叙其事爲題，使妓再歌之，隨其聲填寫，歌竟篇就，纔點定五六字而已。陸游《老學庵筆記》：東坡先生在山中，作《戚氏》樂府詞，最得意。幕客李端叔跋三百餘字，叙述甚備，欲刻石傳爲定武盛事，會謫去不果。今乃不載集中。至有立論排詆以爲非公作者，識真之難如此哉。愚按：《梁溪漫志》辨以爲非公作。此與柳作同，只「雲璈」句七字多一字，「漸」字下，舊刻重一字，衍誤。《詞律》於「姥」字作「媼」，「顏」字作「頭」，「鬢」字作「髮」，「綺」字作「倚」，皆誤。「迴首」作「迴兮」，「間」作「句」。《詞律》缺一字，今從《詞林紀事》補正。「思」去聲。

輪臺子百十四字

一枕清宵好夢句可惜被豆鄰鷄喚覺韻匆匆策馬登途句滿目淡烟衰草叶前驅風觸鳴珂句過霜林豆漸覺驚棲鳥叶冒征塵遠況句自古淒涼長安道叶　行行又歷孤村句楚天闊豆望中未曉叶念勞生豆惜芳年壯歲句離多歡少叶嘆斷梗難停句暮雲漸杳叶但黯黯銷魂句寸腸憑誰表叶恁馳驅豆何時是了叶又爭似豆卻返瑤京句重買千金笑叶

本集屬中呂調，《九宮大成》名《古輪臺》，入南詞中呂宮正曲。

輪臺，西域地名，詞調取此。

他無作者，平仄不可移易。「喚」、「未」、「漸」、「是」四字仄聲，勿誤。「馳驅」二字，《汲古》、《詞律》作「驅驅」，誤。

又一體百四十字

霧瀲澄江句烟鎖藍光碧韻彤霞襯遥天句掩映斷續句半空殘月叶孤村望處人寂寂叶問釣叟豆甚處一聲羌笛叶九嶷山畔雨纔過句斑竹作豆血痕添色叶感行客叶翻思故國叶因循阻隔叶路久沉消息叶　正老松古柏青如織叶聞野猿啼句愁聽得叶見漁舟初出叶芙蓉渡頭句鴛鴦灘側叶干名利祿終無益叶歲歲間阻句迢迢紫陌叶翠娥艷句從別後經今句花開柳拆叶傷魂魄叶俗塵牽役叶又爭忍豆把光景拋擲叶

本集亦屬中吕調。

此體《汲古》、《詞律》皆未載，與前作迥異，另一格也。「俗塵牽役」，《歷代詩餘》本作「怕利名牽役」。《花草粹編》本「因循」上多「恨」字、「歲歲」上多「念」字。其餘字多不同，今從宋本。

望遠行百七字

綉幃睡起殘妝淺句無緒匀紅補翠韻藻井凝塵句金梯鋪蘚句寂寞鳳樓十二叶風絮紛紛句烟蕪冉

冉句永日畫闌句沉吟獨倚叶望遠行句南陌春殘悄歸騎叶　凝睇叶消遣離愁無計叶但暗擲豆金釵買醉叶對茲好景句空飲香醪句争奈轉添珠淚叶待伊游冶歸來句故故解放句翠羽輕裙重繫叶見纖腰圍小句信人憔悴叶

本集屬中吕調。

此與《望遠行》小令無涉，自當另列。想以「望遠行」句爲名。

「補」字，《汲古》作「鋪」，「梯」字作「堦」，「好景」上缺「對茲」二字。「圍小」二字作「圖」，誤，據宋本改正。

又一體百六字

長空降瑞寒風剪句淅淅瑶華初下韻亂飄僧舍句密灑歌樓句迤邐漸迷鴛瓦叶好是漁人句披得一蓑歸去句江上晚來堪畫叶滿長安句高卻旗亭酒價叶　幽雅叶乘興最宜訪戴句泛小棹豆越溪瀟灑叶皓鶴奪鮮句自鷳失素句千里廣鋪寒野叶須信幽蘭歌斷句彤雲收盡句別有瑶臺瓊樹叶放一輪明月句交光清夜叶

本集屬仙吕宫。

前結六字，比前少一字，後段「皓鶴」二句各四字，比前多二字，後結一五一四字，比前亦少一字。《詞律》謂「亂飄」二句誤倒，大謬。前後段不同者甚多，前結於「卻」字句，亦謬。前詞何能於「陌」字句乎！「淅」、「密」、「晚」、「酒」、「棹」、「越」、「别」可平。「寒」、「風」、「江」、「堪」、「千」、「瓊」可仄。「鶴」、「白」作平。

引駕行百字　一名長春

虹收殘雨句蟬嘶敗柳長堤暮韻背都門豆動銷黯句西風片帆輕舉叶愁睹叶泛畫鷁翩翩句靈鼉隱隱下前浦叶忍回首豆佳人漸遠句想高城豆隔烟樹叶　幾許叶秦樓永晝句謝閣連宵奇遇叶算贈笑千金句酬歌百琲句盡成輕負叶南顧叶念吴邦越國句風烟蕭索在何處叶獨自個豆千山萬水句指天涯去叶

本集屬中吕調，《九宫大成》入南詞南吕宫正曲。晁補之詞注亦名《長春》。「幾許」二字，《詞律》屬上段，誤，觀晁作自應如是。「天涯」二字宜相連，勿誤。「千山萬水」四字，葉《譜》作「萬水千山」。「隱」、「幾」、「笑」、「越」可平。「烟」可仄。

又一體百二十五字

紅塵紫陌句斜陽暮草長安道句是離人豆斷魂處句迢迢匹馬西征韻新晴叶韶光明媚句輕烟淡薄句和氣暖望花村叶路隱映句摇鞭時過長亭叶愁生叶傷鳳城仙子句别來千里重行行叶又記得豆臨歧淚眼句濕蓮臉盈盈叶　銷凝叶花朝月夕句最苦冷落銀屏叶想媚容豆耿耿無眠句屈指已算

回程叶相縈叶空萬般思憶句争如歸去睹傾城叶向綉幃深處句仔細説句如此牽情叶

本集屬仙吕宫。

此用平韻。《詞律》：自起至「西征」方起韻，無此詞格。愚按：起處與晁作同。「道」字當叶，「新晴」以下至「長亭」廿五字恐是另一首後段竄入，去此一段，正與前合。但宋本如此，未便臆改。前結當於「歧」字句，「濕」字豆，與後段同。「村」字不是叶韻，通首庚青韻、決無竄入文元韻一字之理。「離」字，《汲古》及各本作「誰」，「眠」字作「限」，「仔細」二字作「並枕」。「汲古」於「銷凝」分段，《詞律》不分段，今從宋本。

又一體 五十二字　　晁補之

梅梢瓊綻句東君次第開桃李韻怨年年豆好風景句無事對花垂淚叶　園裡叶舊賞處句幽葩柔條句一一動芳意叶恨心事豆春來間阻句憶年時句把羅袂叶雅戲叶

此與柳第一首前疊同，然有脱誤。《詞律》以爲逸去後段，誠然，姑存俟考。「怨」字，《汲古》、葉《譜》作「痛」，「舊」字作「幽」、皆誤。

彩雲歸 百字

蘅皋向晚艤輕航韻卸雲帆豆水驛魚鄉叶當暮天豆霽色如晴晝句江練静豆皎月飛光叶那堪聽豆遠

村羌管句引離人斷腸叶此際恨豆浪萍風梗句度歲茫茫叶　堪傷叶朝歡暮散句被多情豆賦與淒涼叶別來最苦句襟袖依約句尚有餘香叶算得伊豆鴛衾鳳枕句夜永爭不思量叶牽情處豆唯有臨歧句一句難忘叶

《宋史·樂志》仙吕調大曲名，本集屬中吕調。

此調無他作可證。《圖譜》以「別來」二句爲兩六字，《詞律》謂四字三句、文氣一貫，可不拘。《汲古》缺「恨」字，據宋本補。「散」字，宋本作「宴」。「魚」字一作「雲」，「管」字作「笛」，「有」字作「帶」，「衾」字作「被」。

洞仙歌慢 百二十六字

佳景留心慣韻況少年豆彼此風情非淺叶有笙歌巷陌句綺羅庭院叶傾城巧笑如花面叶恣雅態豆明眸回美盼叶同心綰叶算國艷仙材句翻恨相逢晚叶　繾綣叶洞房悄悄句綉被重重句夜永歡餘句共有海約山盟句記得翠雲偷剪叶和鳴彩鳳於飛燕叶向柳徑花陰攜手遍叶情眷戀叶問其間豆密約輕憐事何限叶忍聚散叶況已結深深願叶願人間天上句暮雲朝雨長相見叶

本集屬中吕調。

《詞譜》收以下五體爲《洞仙歌慢》，蘇詞或加令字，別乎慢詞而言之也。或柳因《洞仙歌令》衍爲慢曲，亦未可知。況晁作一人而兼兩體，是當時本有此體也。今從《調譜》另列。愚按：此與蘇作全不相同，凡柳作諸調，皆係創製，蓋當時調名尚少，故多自製。此調前有定格，故移换宫調，另爲一體。觀晁補之兩作，與此彷彿可見。

「繾綣」二字，《汲古》、《詞律》屬上段，誤。「少年」二字作「年少」，「向」字作「問」，「問其間」三字作「向其間」，今從宋本訂正。「約」字，葉《譜》作「誓」，「人間天上」四字作「天上人間」。

又一體 百二十三字

乘興閒泛蘭舟句渺渺烟波東去韻淑氣散幽香句滿蕙蘭汀渚叶綠蕪平畹句和風輕暖句曲岸垂楊句隱隱隔豆桃花塢叶芳樹外句閃閃酒旗遥舉叶　羈旅叶漸入三吴風景句水村漁浦叶閒思更遶句神京拋擲句幽會小歡何處叶不堪獨倚危檣句凝情西望句日邊繁華地句歸程阻叶空自嘆當時句言約無據叶傷心最苦叶佇立對豆碧雲將暮叶關河遠句怎奈向豆此時情緒叶

本集屬仙吕宫。

此與前作迥別。《汲古》以「羈旅」二字屬上段。《詞律》所定句讀皆誤。葉《譜》于「神京」分句可從，「日邊」分句不可從。「汀」字，《汲古》作「江」，「檣」字作「樓」，誤，今從宋本。「塢」字，宋本作「圃」，「繞」字作「遠」。

又一體 百二十一字

嘉景况句少年彼此句爭不雨沾雲惹韻奈傅粉英俊句夢蘭品雅叶金絲帳暖銀屏亞叶並燦枕豆輕偎輕倚句綠嬌紅姹叶算一笑豆百琲明珠非價叶　閑暇叶每只向豆洞房深處句痛憐極寵句似覺

些子輕孤句早恁背人涙灑叶從來嬌縱多猜訝叶更對剪香雲句須要深心同寫叶愛搵了雙眉句索人重畫叶忍辜艷冶叶斷不等閒輕捨叶鴛衾下叶願常恁豆好天良夜叶

本集屬般涉調。

《汲古》、《詞律》不分段，前段差同第一首，後段差同第一首，又變一格。《詞律》謂有訛錯，然據宋本只增「輕偎」二字。「涙」字《汲古》、《詞律》作「沾」，「須」字作「深」，「辜」字作「負」。「搵」字，一本作「印」，今改正。「況」字，宋本作「向」。

又一體百二十三字

填盧仝詩　晁補之

當時我醉句美人顏色句如花堪悦韻今日美人去句恨天涯離別叶青樓珠箔嬋娟句蟾桂三五初圓句傷二八豆還又缺叶空佇立句一望不見心絕叶　心絕叶頓成淒涼句千里音塵句一夢歡娛句推枕驚豆巫山遠句灑涙對豆湘江闊叶美人不見句愁人看花心亂句含愁奏豆綠綺弦清切叶何處有知音句此恨難説叶怨歌未闋叶恐暮雨收句行雲歇叶窗梅發叶乍似睹豆芳容冰潔叶

前段與柳第一首差同，惟起三句各四字，七、八句各六字，句法略變。後段與柳第二首同，第五、六句句法亦異。「湘江」下直同柳第二首，惟「恐暮雨」二句略異，自是又變一格。《汲古》以「心絕」屬上段，誤。

又一體百二十四字

留春　　晁補之

花恨月惱韻更夏有涼風句冬軒雪皎叶閒事不關心句算四時皆好叶從來又說句春臺登覽句人意多同句常是惜春過了叶須痛飲句莫放歡情草草叶　年少叶尚憶瑶階句得雋尋芳句驂驔東坡句適見垂鞭句酕醄南陌句又逢低帽叶鶯花蕩眼句功名滿意句無限嬉游榮華事句如夢杳叶傷富貴浮雲句曾縈懷抱叶爲春醉倒叶願花更好叶春休老叶開口笑叶占醉鄉豆莫教人到叶

此與晁前作差同，只次句五字多一字，「從來」三句各四字，多二字，「驂驔」四句各四字，「無限」句七字，又多二字。《詞譜》於「游」字句，「事」字豆，與柳詞相背。「好」字叶韻，與柳二首皆不同。《汲古》以「年少」屬上段，誤。

擊梧桐百八字

香靨深深句姿姿媚媚句雅格奇容天與韻自識伊來句便好看承句會得妖嬈心素叶臨歧再約同歡句定是都把豆平生相許叶又恐恩情句易破難成句未免千般思慮叶　近日書來句寒暄而已句苦没叨叨言語叶便認得豆聽人教當句擬把前言輕負叶見說蘭臺宋玉句多才多藝善詞賦叶試與問豆朝朝暮暮叶行雲何處去叶

本集屬中呂調，《九宫大成》入北詞中呂調隻曲，許《譜》同，又入南詞商調正曲。「便伊來」二字，《汲古》作「來來」，《詞律》於上「來」字句，「看承」二字作「看伊」。「歧」字一作「期」，俱誤。「便好」二字，許《譜》作「好好」，皆誤。據宋本訂正。通篇多用疊字，李易安「聲聲慢」詞仿此。「看」、「教」平聲。「擬」、「與」可平。「多」、「行」可仄。

又一體 百十字

李甲

杳杳春江闊韻收細雨句風蹙波聲無歇叶雁去汀洲暖句岸蕪静句翠染遥山一抹叶群鷗聚散句征航來去句隔水相望楚越叶對此凝情久句念往歲豆上國嬉游時節叶　鬥草園林句賣花巷陌句觸處風光奇絶叶正恁濃歡裡句悄不意豆頓有天涯離别叶看即梅生翠實句柳飄狂絮句没個人共折叶把而今豆愁煩滋味句教向誰説叶

此與前調迥異，李珏有一首與此全同。平仄照注。「二」、「楚」、「共」、「向」四字仄聲，勿誤。《詞律》李珏作「晚」字即此「陌」字注叶，又「生」字句，「飄」字句，「没」字讀，反疑平仄相反，又以「但」字誤「多」，皆大誤。觀此詞可知，今訂正。「岸」字，葉《譜》作「平」，「航」字作「帆」，「楚」字作「吴」。「杳」、「隔」、「鬥」、「賣」、「看」、「翠」可平。「來」可仄。「教」平聲。

夜半樂百四十四字

凍雲黯淡天氣句扁舟一葉句乘興離江渚韻渡萬壑千巖句越溪深處叶怒濤漸息句樵風乍起句更聞商旅相呼句片帆高舉叶泛畫鷁豆翩翩過南浦叶　望中酒旆閃閃句一簇烟村句數行霜樹叶殘日下豆漁人鳴榔歸去叶敗荷零落句衰楊掩映句岸邊兩兩三三句浣紗游女叶避行客豆含羞笑相語叶　到此因念句繡閣輕拋句浪萍難駐叶嘆後約豆叮嚀竟何據叶慘離懷豆空恨歲晚歸期阻叶凝淚眼豆杳杳神京路叶斷鴻聲遠長天暮叶

唐教坊曲名，本集屬中吕調。

詞之雙拽頭體始此。

《樂府雜録》云：明皇自潞州入平内難，正夜半斬長樂門關，領兵入宫，剪逆人。後撰此曲，製《還京樂》、《夜半樂》二曲。《碧鷄漫志》云：黄鐘宫有《三臺夜半樂》，中吕調有慢，有近拍，有序。

此調前無作者，只柳二首，平仄宜從。前兩段相同，所謂雙拽頭也。只中段第三句少一字，「渡萬壑」下二句，一五一四字，中段「殘日」下二句，一三一六字，可不拘。「越」、「片」、「數」、「浣」、「竟」五字去聲。「過南浦」、「笑相語」用去平上，勿誤。「竟何處」用去平仄，「離江渚」離字亦當作去，正合去平上。然後詞亦用平聲，故不注。「笑相」二字，《汲古》作「相笑」，「後約」上，《汲古》缺「嘆」字，據宋本補正。宋本於「鳴榔歸去」分段，《汲古》前段不分，細較前兩段字句相同，當分三段爲是。

又一體百四十五字　　柳永

艷陽天氣句烟細風暖句草芳郊磴閒凝佇韻漸妝點亭臺句參差佳樹叶舞腰困力句垂楊緑映句淺桃穠李句夭夭句嫩紅無數叶度綺燕豆流鶯鬥雙語叶　翠娥南陌簇簇句躡影紅陰句緩移嬌步叶抬粉面韶容句花光相妬叶絳綃袖舉句雲鬟風顫句半遮檀口句含笑背人偷顧叶競鬥草豆金釵笑争賭叶　對此佳景句頓覺銷凝句惹成愁緒叶念解珮豆輕盈在何處叶忍良時豆辜負少年等閑度叶空望極豆回首斜陽暮叶嘆浪萍風梗如何去叶

本集亦屬中呂調。

起處三句，兩四、一七字句，與前句法異。結尾八字多一字，餘同。宋本、《汲古》皆不分段。「草芳郊磴」四字，《汲古》作「芳草郊燈明」五字，《詞譜》作「芳草郊汀」。「無」字，《汲古》、《詞律》作「光」，「笑」字作「羞」，「釵」字作「斂」，「賭」字作「睹」，皆誤，今從宋本。「度空」二字，宋本作「空度」，與前作不合。「嫩」、「鬥」、「語」、「背」、「笑」、「賭」、「緩」、「在」、「處」可平。「雙」、「争」、「何」可仄。

祭天神八十四字

嘆笑筵歌席輕抛嚲韻背孤城豆幾舍烟村停畫舸叶更深釣叟歸來句數點殘燈火叶被連綿豆宿酒醺醺句愁無那叶寂寞擁豆重衾臥叶　又聞得豆行客扁舟過叶蓬窗近句蘭橈急句好夢還驚破叶

念平生豆單棲踪迹句多感情懷句到此厭厭句向曉披衣坐叶

本集注中呂調，《九宮大成》入南詞中呂宮正曲。

《因話録》：北方季冬二十四日，以板畫一人，有形無口，人各佩之，謂可辟眚。時有作謔詞，名《祭祅神》。《詞律》引此以爲「天」字或是「祅」字之訛。愚按：「天神」二字，見《周禮》，此説非也。

起句八字是一領七字句法，勿誤認。「筵歌」二字，《詞律》作「歌筵」，又落「向曉」二字。《汲古》于「無那」句分段，今據宋本訂正。「橈」字，《汲古》作「棹」，皆誤。「厭」平聲。

又一體 八十五字

憶綉衾相向輕輕語韻屏山掩豆紅蠟長明句金獸盛熏蘭炷叶何期到此句酒態花情頓辜負叶柔腸斷豆還是黄昏句那更滿庭風雨叶　聽空階和漏句碎聲鬥滴愁眉聚叶算伊還共誰人句争知此冤苦叶念千里烟波句迢迢前約句舊歡慵省句一向無心緒叶

本集注歇指調，《九宮大成》入北詞小石調，許《譜》同。

此與前調迥異，換頭句恐有訛誤。《汲古》不分段。「柔」字，《汲古》、《詞律》作「愁」，「省」字上落「慵」字，誤，今從宋本。

過澗歇 八十字

淮楚韻曠望極句千里火雲燒空句盡日西郊無雨叶厭行旅叶數幅輕帆漸落句艤棹蒹葭浦叶避畏景豆兩兩舟人夜深語叶　此際争可便恁句奔名競利去叶九衢塵裡叶衣冠冒炎暑叶回首江鄉句月觀風亭句水邊石上句幸有散髮披襟處叶

本集屬中吕調。

晁補之有一首與此同。「奔名競利去」句，《詞律》落二字，據宋本補。「漸」字，宋本作「旋」。「望」、「火」、「厭」、「此」、「利」、「石」、「散」可平。「淮」、「千」、「邊」可仄。「可」作平。

過澗歇近 八十字

酒醒韻夢纔覺句小閣香炭成煤句洞户銀蟾移影叶人寂静叶夜永清寒句翠瓦霜凝句疏簾風動句漏聲隱隱叶飄來轉愁聽叶　怎向心緒句近日厭厭長似病叶鳳樓咫尺句佳期杳無定叶展轉無眠句粲枕冰冷叶香虬烟斷句是誰與把重衾整叶

本集屬中吕調。

此調加「近」字，各譜未載，據宋本補。

前段第六、七、八、九句各四字，十句五字，後段起句四字，次句七字，六句叶韻，與前作異。「厭」平聲。

離別難 百十二字

花謝水流倏忽句嗟年少光陰韻有天然豆蕙質蘭心叶美韶容豆何啻值千金叶便因甚豆翠弱紅衰句纏綿香體句都不勝任叶算神仙豆五色靈丹無驗句中路委瓶簪叶　人悄悄句夜沉沉叶閉香閨豆永棄鴛衾叶想嬌魂豆媚魄非遠句縱鴻都豆方士也難尋叶最苦是豆好景良天句尊前歌笑句空想遺音叶望斷處豆杳杳巫峰十二句千古暮雲深叶

本集屬中吕調。

通體用平韻，與薛昭蘊八十七字仄韻體不同，想宮調有別，惜無他作可證，宜分列。「勝」平聲。

迷神引 九十七字

紅板橋頭秋光暮韻澹月映烟方煦叶寒溪蘸碧句繞垂楊路叶重分飛句攜纖手句淚如雨叶波急隋堤遠句片帆舉叶倏忽年華改句尚期阻叶　暗覺春殘句漸漸飄花絮叶好夕良天句長辜負叶洞房閑掩句小屏空句無心覷叶指歸雲句仙鄉杳句在何處叶遙夜香衾暖句算誰與叶知他深深約句記得否叶

本集屬中吕調，又屬仙吕宮。

此與《迷仙引》無涉。「橋頭秋光」與結句「知他深深」四平相對，其三字句用去平仄者凡六，勿誤。柳又一首，朱雍一首，皆與此同，惟「算誰與」作「殘照滿」，朱作同。「好夕良天」作「覺客程勞」，朱作「覺璧華輕」，與後晁作同。「小屏空」空字作入聲，朱亦然，似以入作平，餘與晁作對較自明。萬氏未見柳作，所注多不符，此本譜所以必窮其原也。「覷」字，一本作「處」。「誰」字，《汲古》作「難」，末缺「否」字，今從宋本。「映」、「倏」可平。「紅」可仄。「重」平聲。「得」作平。

又一體九十九字

貶玉溪對江山作　　晁補之

黯黯青山紅日暮韻浩浩大江東注叶餘霞散綺句回向烟波路叶使人愁句長安遠句在何處叶幾點漁燈小句迷近塢叶一片客帆低句傍前浦叶　暗想平生句自悔儒冠誤叶覺阮途窮句歸心阻叶斷魂縈目一千里句傷平楚叶怪竹枝歌句聲聲怨句爲誰苦叶猿鳥一時啼句驚島嶼叶燭暗不成眠句聽津鼓叶

「回向」句五字，比柳作多一字。後段七句多「怪」字，當是「襯」字。「千里」里字與柳別作、朱作同。「迷近塢」、「驚島嶼」，平仄亦異，《詞律》所注未確。「青山紅日」日字尚可作平，「燭暗不成眠」，平仄則大異。「縈目」二字，《汲古》作「素月」，大誤。「爲」、「聽」去聲。

一寸金 百八字

井絡天開句劍嶺雲橫控西夏韻地勝異豆錦里風光句蠶市繁華句簇簇歌臺舞榭叶雅俗多游賞句輕裘俊豆靚妝艷冶叶當春晝豆摸石池邊句浣花溪畔景如畫叶　夢應三刀句橋名萬里句中和政多暇叶仗漢節豆攬轡澄清句高掩武侯勛業句文翁風化叶臺鼎須賢久句方鎮靜豆又思命駕叶空遺愛豆兩蜀三川句異日成嘉話叶

本集屬中呂調，《九宮大成》入南詞越調正曲。

此調《汲古》缺載，據宋本補。

「控」、「景」、「政」三字必仄聲，勿誤。「雅俗」下十五字，宋本缺，據《詞譜》補。「畔」字，一本作「上」，「須」字作「思」，「思」字作「還」，「兩」字作「西」，「三」字作「山」，據宋本改。「風化」二字，葉《譜》作「雅化」。「光」字，宋本作「流」，誤，今從《詞譜》。「井」、「異」、「錦」、「舞」、「雅」、「夢」、「萬」、「節」可平。「蠶」、「裘」可仄。

又一體 百八字

新定詞　周邦彥

川夾蒼崖句下枕江山是城郭韻望海霞接日句紅翻水面句晴風吹草句青搖山腳叶波暖鳧鷖作叶沙痕退豆夜潮正落叶疏林外豆一點炊烟句渡口參差正寥廓叶　自嘆勞生句經年何事句京華

信飄泊叶念渚蒲汀柳句空歸閑夢句風輪雨楫句終辜前約叶情景牽心眼句流連處豆利名易薄叶迴頭謝豆冶葉倡條句便入漁釣樂叶

題名《新定詞》，想因柳舊製，改宫調而倚其聲也。前後第三、四、五句，字數同，句法異。七句叶韻，餘同。吴文英二首，其一于「眼」字叶韻，陳允平有和詞，平仄照注如後。「是」、「正」、「信」三字，亦仄聲，勿誤。「便入」二字，吴、陳皆用平，是以入作平也。「自」可平。「痕」、「何」、「情」可仄。

詞繫卷八

宋

傾杯樂百六字

柳　永

禁漏花深句綉工日永句蕙風布暖韻變韶景豆都門十二句元宵三五句銀蟾光滿叶連雲複道淩飛觀叶聳皇居麗句嘉氣瑞烟葱蒨叶翠華宵幸句是處層城閬苑叶　龍鳳燭豆交光星漢叶對咫尺豆鰲山開雉扇叶會樂府兩籍神仙句梨園四部弦管叶向曉色豆都人未散叶盈萬井豆山呼鰲抃叶願歲歲豆天仗裡句常瞻鳳輦叶

唐教坊曲名。《羯鼓録》屬太簇商。本集屬仙吕宮。《九宮大成》入北詞平調隻曲。

鄭樵《樂略》：係宮調。唐太宗内宴，詔長孫無忌造《傾杯曲》。明皇有《馬舞傾杯》數十曲。宣宗喜吹蘆管，自製《傾杯》，皆唐樂府也。與《傾杯令》、《傾杯近》皆不同，故分列。

愚按：調名起于唐代，辭皆不傳。今所傳者以柳作爲最多。而《樂章集》中八首注明宮調，名各不同，故借列以俟知音論定，不得以其字句同而漏列也。

葉夢得《避暑録話》：永初爲上元辭「會樂府兩籍神仙，梨園四部弦管」之句，傳禁中多稱之。後因秋晚張樂，有使作

《醉蓬萊》詞以獻，語不稱旨。後改名三變，終屯田員外郎，死，旅殯潤州僧寺。

「聳皇居」句，中二字相連，曾覿、楊无咎皆有此調同體，勿誤，平仄亦不可易。「蕙」字，《汲古》作「薰」，據宋本改。「禁」、「蕙」、「布」、「樂」、「兩」、「部」可平。「元」、「銀」、「盈」可仄。「日」、「十」、「複」作平。

又一體 百四字

樓鎖輕烟句水橫斜照句遥山半隱愁碧韻片帆岸遠句行客路杳句簇一天寒色叶楚梅映雪句數枝艷句報青春消息叶年華夢促句音信斷豆聲遠飛鴻南北叶　算伊別來無緒句翠消紅減句雙帶長抛擲叶但淚眼沉迷句看朱成碧句惹閑愁堆積叶雨意雲心句酒情花態句辜負高陽客叶恨難極叶和夢也豆多時間隔叶

本集屬林鐘商，注水調。

五字句凡四，皆一領四句法。「成碧」碧字重上韻，不是叶，觀第三首可知。「恨難」下十字，宋本、《汲古》俱缺，據《詞譜》補。「楚」字，一本作「野」。「間」去聲。

又一體 百八字

離宴殷勤句蘭舟凝滯句看看送行南浦韻情知道豆世上難使句皓月長圓句彩雲鎮聚叶算人生豆悲

莫悲於輕別句最苦叶正歡娱豆便分鴛侶叶淚流瓊臉句梨花一枝春帶雨叶　慘黛蛾豆盈盈無緒叶共黯然銷魂句重攜纖手句話别臨行句再三問道君須去叶頻耳畔低語叶知多少豆他日深盟句平生丹素叶從今盡把憑鱗羽叶

本集屬林鐘商。

前段與前作略同。後段則迥不相侔。《汲古》、《詞律》於「淚流」下分段，照「皓月初圓」一首當於「春帶雨」分段爲是。「蛾盈」至「手話」十五字，《汲古》缺，「臨行」下多「猶自」二字，「世上」二字作「世人」，「圓」字作「晝」，「流」字作「滴」，「今」字作「此」，俱從宋本訂正。

又一體百四字

鶩落霜洲句雁横烟渚句分明畫出秋色韻暮雨乍歇句小楫夜泊句宿葦村山驛叶何人月下臨風處句起一聲羌笛叶離愁萬緒句聞岸草豆切切蛩吟如織叶　爲憶叶芳容别後句水遥山遠句何計憑鱗翼叶想繡閣深沉句争知憔悴句損天涯行客叶楚峽雲歸句高陽人散句寂寞狂踪迹叶望京國叶空目斷豆遠峰凝碧叶

本集屬雙調，注散水調。

此與第二首同。《汲古》、《詞律》不分段，誤。「鶩」字作「木」，今據宋本訂正。

又一體百十六字

皓月初圓句暮雲飄散句分明夜色如晴晝韻漸消盡豆醺醺殘酒叶危閣迥豆涼生襟袖叶追舊事豆一晌憑欄久叶如何媚容艷態句抵死孤歡偶叶朝思暮想句自家空恁添清瘦叶　算到頭豆誰與伸剖叶向道我別來句爲伊牽繫句度歲經年句偷眼覷豆也不忍覷花柳叶可惜恁豆好景良宵句未曾略展雙眉暫開口叶問甚時與你句深憐痛惜還依舊叶

本集屬大石調。

前段與「離宴殷勤」一首略同，各本不分段。「閣」字，《汲古》作「樓」，「清」字作「情」，今據宋本訂正。

又一體百七字

席上賞雪　曾覿

錦帳寒添句畫檐雀噪句凍雲布野韻望空際豆瑤峰微吐句瓊花初綻句江山如畫叶裁冰剪水裝鴛瓦叶杳旗亭路句依稀管弦臺榭叶倚小樓佳興句一行珠簾不下叶　隨縷板豆歌聲閒暇叶傍翠袖豆雲鬟憐艷冶叶似佯醉不耐嬌羞句濃歡旋學風雅叶向暝色豆雙鸞舞罷叶紅獸暖豆春生金斝叶但殢飲豆香霧捲句壺天不夜叶

原注仙吕宫。

與柳作「禁漏花深」一首同，只「倚小樓」句多一字。「行」字去聲。

又一體百六字

丁亥自壽　　程珌

鑾殿秋深句玉堂宵永句千門人静韻問天上豆西風幾度句金盤光滿句露濃銀井叶碧雲飛下雙鸞影叶迤邐笙歌笑語句群仙隱隱叶更前問訊叶墮在紅塵今省叶　漸曙色豆曉風清迴叶更積靄沉陰都捲盡叶向窗前引鏡看來句尚喜精神炯炯叶便折簡豆浮邱共酌句奈天也豆未教酩酊叶來歲卻笑群仙句月寒空冷叶　余家天都山，乃浮邱升仙之地。

前段「訊」字叶韻，後段「酌」字不叶韻。「迤邐」二句，「來歲」二句，俱上六下四字，與柳作異。餘同「禁漏花深」一首。

古傾杯百八字

凍水消痕句曉風生暖句春滿東郊道韻遲遲淑景句烟和露潤句遍繞長堤芳草叶斷鴻隱隱歸飛句江天杳杳叶遥山變色句妝眉淡掃叶目極千里句閑倚危檣迴眺叶　動幾許豆傷春懷抱叶念何

處豆韶陽偏早叶想帝里看看句名園芳樹句爛熳鶯花好叶追思往昔年少叶繼日恁豆把酒聽歌句量金買笑句別後暗負句光陰多少叶

本集屬林鐘商。

「水」字，汲古作「冰」，「潤遍繞」三字，《汲古》、《詞律》作「偏潤」二字。「暗」字，《詞律》作「頓」，據宋本訂正。

「榭」字，宋本作「樹」。

此下三首，一名《古傾杯》，二名《傾杯》，不僅字句互異，實因宮調懸殊也，仍列原調名，以存真面。

傾杯 百八字

水鄉天氣句灑蒹葭豆露結寒生早韻客館更堪秋杪叶空階下豆木葉飄零句颯颯聲乾句狂風亂掃叶黯無緒豆人靜酒初醒句天外征鴻句知送誰家歸信句穿雲悲叫叶　蛩響幽窗句鼠窺寒硯句一點銀釭閒照叶夢枕頻驚句愁衾半擁句萬里歸心悄悄叶往事追思多少叶贏得空使方寸句攪斷不成眠句此夜厭厭句就中難曉叶

本集屬黃鐘羽。

《汲古》不分段。「醒」字作「醒」，「外」字作「上」，「鼠」字作「風」，今據宋本訂正。「黯」字，《汲古》作「當」，「攪」字作「撓」，今據別本。「空」字，一本作「雲」。「贏得」句，照前作當于「攪」字句，然照後作當屬下。

又一體百八字

金風淡蕩句漸秋光老句清宵永韻小院新晴天氣句輕烟乍斂句皓月當軒練淨叶對千里寒光句念幽期阻句當殘景叶早是多愁多病叶那堪細把句舊約前歡重省叶　最苦碧雲信斷句仙鄉路杳句歸鴻難倩叶每高歌豆強遣離懷句奈慘咽豆翻成心耿耿叶漏殘露冷叶空贏得豆悄悄無言句愁緒終難整叶又是立盡梧桐碎影叶

本集屬大石調。

《汲古》、《詞律》不分段。「碎」字作「清」，據宋本改正。

又一體百七字

吴興　張　先

横塘水静句花窺影句孤城轉韻浮玉無塵句五亭争景句畫橋對起句垂虹不斷叶愛溪上瓊樓句凴雕欄豆坐久飛雲遠叶人在虚空句月生溟海句寒魚夜泛句游鱗可辨叶　正是草長蘋老句江南地暖叶汀洲日晚叶更茶山豆已過清明句風雨暴豆千巖啼鳥怨叶芳菲故苑叶深紅盡豆緑葉陰濃句青子枝頭滿叶使君莫放尋春緩叶

此調見《安陸集》。前段與柳作數首皆不相同，後段與柳作「金風淡蕩」一首同，尾句又少一字，此另一體也。《傾杯》調本柳創製無疑，張與同時，故此詞列後，非例不畫一也。「長」平聲。

又一體 百七字

張先

飛雲過盡句明河淺韻天無畔叶草色棲螢句霜華清暑句輕飈弄袂句澄瀾拍岸叶宴玉麈談賓句倚瓊枝豆香挹雕觴滿叶午夜中秋句十分圓月句香槽撥鳳句朱弦軋雁叶　正是欲醒還醉句臨空悵遠叶壺更疊換叶對東西豆數里迴塘句恨零落豆芙蓉春不管叶籠燈待散叶誰知道豆座有離人句目斷雙歌伴叶烟江艇子歸來晚叶

此調《安陸集》不載，與前同，只次句「淺」字多叶一韻。「香」字，一本作「秀」。

又一體 百十字

沈會宗

梅英弄粉句尚淺寒豆臘雪消未盡韻布彩箔豆層樓高下句燈火萬點句金蓮相照映叶香徑縱橫句聽畫鼓聲聲隨步緊叶漸霄漢無雲句月華如水句夜久露清風迅叶　輕車趁馬句微塵雜霧句帶曉色豆綺羅生潤叶花陰下豆瞥見仍回句但時聞豆笑音中句香陣陣叶奈酒闌人困句殘漏裡豆年年餘

恨叶歸來沉醉句何處一片句笙歌又近叶

此與柳、張各體皆不相同，是變格也，故列後。

笛家弄百二十五字　一作笛家

花發西園句草薰南陌句韶光明秀韻乍晴輕暖清明後叶水嬉舟動句禊飲筵開句銀塘似染句金堤如綉叶是處王孫句幾多游妓句往往攜纖手叶遺離人句對嘉景句觸目傷懷句盡成感舊叶　別久叶汴城當日句蘭堂夜燭句百萬呼盧句畫閣春風句十千沽酒叶未省宴處能忘弦管句醉裡不尋花柳叶豈知秦樓句玉簫聲斷句前事難重偶叶空遺恨句望仙鄉句一晌消凝句淚沾襟袖叶

本集屬仙吕宫，《汲古》、《詞律》名《笛家》。

《宋書・樂志》：自列和晉人善吹笙，協律郎父祖漢世以來，笛家相傳，不知此法。

此調自是創格，平仄字句皆當謹守，「未省」二句是二字領下兩六字句，勿誤。《詞律》竟欲移「未省」下十四字於「蘭堂」四句前，何所憑證？可謂不知而作之者。「別久」二字是換頭語，顯而易知，何必曉辯？「秀」字，《汲古》誤作「媚」，是失卻一韻矣。朱雍有《詠梅》一首和柳韻，亦用「秀」字。萬氏往往駁別譜之謬，此獨未考，竟尤而效之耶。朱于「薰」字、「嬉」字、「銀」字用仄，「盡」字用平，「城」字、「沽」字、「弦」字用仄，「不」字用平，「知」字用仄。「望仙鄉」下十一字，作「惹幽香不減，尚沾春袖」，一五一四字，與此略異，不另録。「傷懷」二字，「消凝」二字，《汲古》缺。「遺」字作「遣」。「帝」字，一本作「汴」，今據宋本訂正與朱作適合。「弦管」二字宋本作「管弦」，非。「豈知」二字，《詞律訂》疑是「豈料」，與前段「是」字合，存參。

鳳歸雲百一字

向深秋豆雨餘爽氣肅西郊韻陌上夜闌句襟袖起涼颸叶天末殘星句流電未滅句閃閃隔林梢叶又是曉鷄聲斷句陽烏光動句漸分山路迢迢叶　驅驅行役句苒苒光陰句蠅頭利祿句蝸角功名句畢竟成何事句謾相高叶抛擲林泉句狎玩塵土句壯節等閒銷叶幸有五湖烟浪句一船風月句會須歸去老漁樵叶

唐教坊曲名。唐樂府商調曲。本集屬仙吕宮。

此調只趙以夫一首可證，平仄無異，略異數字，照注如下，可見宋時本有此體，不得謂有脱誤也。「末」字，《汲古》缺，各本作「際」。「歸」字，下缺「去」字。「歸」字，一作「終」，攘宋本訂正。「利」、「一」可平。「驅」、「蠅」、「塵」可仄。

又一體百十八字

戀帝里豆金谷園林句平康巷陌句觸處繁華句連日疏狂句未嘗輕負句寸心雙眼韻況佳人盡句天外行雲句堂上飛燕叶向玳筵豆一一皆妙選叶長是因酒沉迷句被花縈絆叶　更可惜豆淑景亭臺句暑天枕簟叶霜月夜涼句雪霰朝飛句一歲風光句盡堪隨分句俊游清宴叶算浮生事句瞬息光陰句錙

銖名宦叶正歡笑豆試恁暫時分散叶卻是恨雨愁雲句地遥天遠叶

本集屬林鐘商。

此用仄韻，細玩前後段字字相同，只後多「一歲風光」四字，「試恁」句多一字，然無廿七字始起韻之例。且與前詞比較，起三字同，次四字四句，與前一七、一四、一五字數同，而平仄少異。「天外」至尾，與前「天末」至「光動」同，但多「向玳筵」三字，少末句六字。後起四字四句同，又多「更可惜」三字。「瞬息」下至末，與前「抛擲」至末同，但「正歡笑」句多四字。亦少末句六字，或有遺脱。「佳人」、「浮生」皆相連，宜從。前首「天末」末字，此首「夜涼」涼字、「時」字《汲古》、《詞律》俱缺。「卻」字作「即」。「堂」字，一作「掌」。據宋本訂正。

鶴冲天 八十七字

黄金榜上韻偶失龍頭望叶明代暫遺賢句如何向叶未遂風雲便句争不恣游狂蕩叶何須論得喪叶才子詞人句自是白衣卿相叶　烟花巷陌句依約丹青屏幛叶幸有意中人句堪尋訪叶且恁偎紅翠句風流事豆平生暢叶青春多一晌叶忍把浮名句换了淺斟低唱叶

《汲古》《樂章集》屬仙吕宫。宋本注黄鐘宫。

與《喜遷鶯》之别名無涉。

《能改齋漫録》：仁宗留思儒雅，務本理道，深斥浮艷虚薄之文。初，進士柳三變好爲淫冶曲調，傳播四方，嘗有《鶴冲天》詞云云。及臨軒放榜，特落之，曰：「此人風前月下，好去淺斟低唱，何要浮名，且填詞去」。三變由此自稱奉旨填詞。景祐中，方及第，後改名永，方得磨勘轉官。

「且恁」句，各本多「倚」字，據宋本刪。「恣游」「游」字，宋本缺，照後段不應作五字句，然後作亦六字。「論」平聲。

又一體 八十四字

閒窗漏永句月冷霜華墜韻悄悄下簾幕句殘燈火叶再三追往事句離魂亂豆愁腸鎖叶無語沉吟坐叶好天好景句未省展眉則個叶　從前早是多成破叶何況經歲月句相抛嚲叶假使重相見句還得似豆當初麼叶悔恨無計那叶迢迢良夜句自家只恁摧挫叶

本集屬大石調，《九宮大成》入南詞大石調正曲。

首句不起韻，前段第六句六字，換頭句七字，比前作少三字。《汲古》缺「追」字，一本作「思」字，據宋本補。「當初」二字，宋本作「舊時」，未確。「永」、「墜」、「三」、「魂」、「無」、「何」、「迢」、「家」可仄。「月」、「悄」、「往」、「好」、「未」、「則」、「計」、「恁」可平。

又一體 八十六字

杜安世

清明天氣韻永日愁如醉叶臺榭綠陰濃句薰風細叶燕子巢方就句盆池小豆新荷蔽叶恰是逍遙際叶單夾衣裳句半櫳軟玉肌體叶　石榴吐艷句一撮紅綃比叶窗外數修篁句寒相倚叶有個關心處句難相見豆空凝睇叶行坐深閨裡叶懶更妝梳句自知新來憔悴叶

換頭處二句九字，與前兩作異。「吐」字，《汲古》作「美」。「玉」作平聲。

如魚水 九十四字

輕靄浮空句亂峰倒影句瀲灩十里銀塘韻遶岸垂楊叶紅樓朱閣相望叶芰荷香叶雙雙戲豆鸂鶒鴛鴦叶乍雨過豆蘭芷汀洲句望中依約似瀟湘叶　風淡淡句水茫茫叶摇動一片晴光叶畫舫相將叶盈盈紅粉清商叶紫薇郎叶修禊飲豆且樂仙鄉叶便歸去豆遍歷鑾坡鳳沼句此景也難忘叶

本集屬仙吕宮，《汲古》作仙吕調。以下十一調同。

《詞律》以「中」字作「裡」字，「望裡」從上。與後段六字句同，此等破句，詞中結尾最多不同，何必拘泥。「摇」字，《汲古》缺，據宋本補。「朱」字，葉《譜》作「翠」。

又一體 九十七字

帝里疏散句數載酒縈花繫句九陌狂游韻良景對珍筵句惱佳人豆自有風流叶勸瓊甌叶絳唇啟豆歌發清幽叶被舉措豆藝足才高句在處别得豔姬留叶　浮名利句擬拚休叶是非莫掛心頭叶富貴豈由人句時會高志須酬叶莫閒愁叶共緑蟻豆紅粉相尤叶向綉幄豆醉倚芳姿睡句算除此外何求叶

本集屬中吕調。

《汲古》不載，據宋本補。

前段次句六字，三句四字。四句五字，不叶韻，比前作多一字。五句七字，亦多一字。後段四句五字，亦多一字，不叶。結二句，一五、一六字，與前異。

臨江仙 九十三字

夢覺小庭院句冷風淅淅句疏雨瀟瀟韻綺窗外豆秋聲敗葉狂飄叶心搖叶奈寒漏永句孤幃悄句淚燭空燒叶無端處豆是綉衾和鴛枕句閒過清宵叶　蕭條叶牽情繫恨句爭向年少偏饒叶覺新來憔悴句舊日風標叶魂銷叶念歡娛事句烟波阻豆後約方遥叶還經歲豆問怎生禁得句如許無聊叶

本集屬仙吕宫。

此與《臨江仙》小令迥不相侔。葉《譜》有「慢」字，宜另列。

「寒漏」、「歡娛」二字相連，「奈」字、「念」字是領字，勿誤。《汲古》於「蕭條」分段。「争」字一本作「曾」，今從宋本。「禁」平聲。

臨江仙引 七十四字

渡口向晚句乘瘦馬豆陟崇岡韻西郊又送秋光叶對暮山橫翠句襯殘葉飄黃叶憑高念遠句素景楚

天句無處不淒涼叶　香閣別來無信息句雲愁雨恨難忘叶指帝城歸路句但烟水茫茫叶凝情望斷淚眼句盡日獨立斜陽叶

本集屬南吕調，又屬中吕調。

宋本名《臨江仙引》，《汲古》無「引」字。

此與前作不同。「向」、「瘦」、「又」、「暮」、「素」、「信」、「帝」、「斷」諸去聲字，勿誤。「對暮山」四句，皆一領四句法，須着意。「崇」字一本作「平」。「憑高」下，《詞律》於「景」字句，誤。「閣」字，《汲古》作「閨」，今從宋本。柳又一首缺二字，并非別體，不録。「念」、「別」可平。「憑」、「香」可仄。「日」作平。

玉蝴蝶九十九字

秋思

望處雨收雲斷句憑闌悄悄句目送秋光韻晚景蕭疏句堪動宋玉悲涼叶水風輕豆蘋花漸老句月露冷豆梧葉飄黄叶遣情傷叶故人何在句烟水茫茫叶　難忘叶文期酒會句幾辜風月句屢變星霜叶海闊山遥句未知何處是瀟湘叶念雙燕豆難憑遠信句指暮天豆空識歸艎叶黯相望叶斷鴻聲裡句立盡斜陽叶

本集注仙吕宮，《九宮大成》入南詞越調正曲。

此與《玉蝴蝶》小令全異，當另列。作者多從此體。

宋本於「難忘」分段，誤，今從《汲古》。「相望」二字宋本作「忘」，重韻，今從《草堂》。「憑」字必用仄聲。晁補之作次句三字，是遺脱，故不録。「雨」、「悄」、「漸」、「月」、「酒」、「幾」、「指」、「立」可平。「輕」、「蘋」、「天」可仄。「憑」去聲。

又一體九十八字　　李之儀

九月十日，時登黄山，遽爲雨阻，遂飲敝止。陳君俞獨不至。已而以三闋見寄，輒次其韻。

坐久燈花開盡句暗驚風葉句初報霜寒韻冉冉年華催暮句顔色非丹叶攪回腸豆蛩吟似織句留恨意豆月彩如攤叶慘無歡叶篆烟縈素句空轉雕盤叶　何難叶别來幾日句信沉魚鳥句情滿關山叶依約耳邊常記句巧語綿蠻叶聚愁窠豆蜂房未密句傾淚眼豆海水猶慳叶奄更闌叶漸移銀漢句低泛簾顔叶

「依約耳邊」二句十字，與前段同，比柳作少一字。「奄更闌」三字，《詞律》作「掩萸關」，大誤。「依約耳邊」四字，各本作「耳邊依約」，今據《詞譜》改正。「暗」必用去聲。

又一體九十九字　　潘元質

睡起日高鶯囀句畫簾低捲句花影重重韻醉眼羞抬嬌困句猶自未惺忪叶綉床近豆強來描翠句妝

鏡掩豆不肯勻紅叶錦屏空叶對花無語句獨怨東風叶　匆匆叶庾郎去後句香消玉減句是事疏慵叶縱鸞箋封了句何處問鱗鴻叶眼中淚豆萬行難盡句眉上恨豆一點偏濃叶杳無踪叶夜來惟有句幽夢相逢叶

前段第五句五字，後段五、六句，兩五字，與前兩作異。「盡」必用去聲。

又一體九十九字

賦玉綉球花　　張炎

留得一團和氣句此花開後句春已規圓韻虛白窗深句恍訝碧落星懸叶飃芳叢豆低翻雪羽句凝素艷豆爭簇冰蟬叶向西園叶幾回錯認句明月鞦韆叶　欲覓生香何處句盈盈一水句空對蟬娟叶待折歸來句倩誰偷解玉連環叶試結取豆鴛鴦錦帶句好移傍豆鸚鵡珠簾叶晚階前叶落梅無數句因甚啼鵑叶

後段第四、五句，上四下七字，與柳作同。換頭二字不叶韻，與各家異。「此」必用上聲。

又一體九十九字

元無名女子

爲甚夜來添病句強臨寶鏡句憔悴嬌慵韻一任釵橫鬢亂句永日薰風叶惱脂消豆榴紅徑裡句羞玉

減豆蝶粉叢中叶思悠悠句垂簾獨坐句倚遍熏籠叶　朦朧叶玉人不見句羅裁囊寄句錦寫箋封叶約在春歸句夏來依舊各西東叶粉牆花豆朝來疑是句羅帳雨豆夢斷成空叶最難忘句屏邊瞥見句野外相逢叶

《詞苑叢談》武林卓珂月云：此調當時甚爲馬東籬、張小山諸君所服，或曰洞天女作，詳見元之《夢游詞序》中。詞共十有八闋，周勒山《林下詞選》録其半。

「悠」字、「忘」字不叶韻，後段第四、五句，一四、一七字，與柳同。「朝」字，一作「影」，誤。「強」用上聲。

八聲甘州

九十七字　或加慢字　一名宴瑤池　甘州　瀟瀟雨

對瀟瀟暮雨句灑江天豆一番洗清秋韻漸霜風淒緊句關河冷落句殘照當樓叶是處紅衰緑減句苒苒物華休叶惟有長江水句無語東流叶　不忍登高臨遠句望故鄉渺邈句歸思難收叶嘆年來踪迹句何事苦淹留叶想佳人豆妝樓長望句誤幾回豆天際識歸舟叶爭知我豆倚闌干處句正恁凝眸叶

本集屬仙呂宮。《碧鷄漫志》：《甘州》世不見，今仙呂調有曲破，有八聲，有慢，有令，而中呂調有《蒙甘州八聲》，他宮調不見。凡大曲就本宮調轉、引、序、慢、近，今蓋度曲者斂態，若《蒙甘州八聲》，即是用其法於中呂調，此例甚廣。《九宮大成》入南詞仙呂宮引，與本宮正曲一名《瀟瀟雨》不同，並與北詞仙呂調隻曲亦不同。許《譜》亦入仙呂宮。

白樸詞名《宴瑤池》，與奚淢《宴瑤池》正調不同。周密詞名《甘州》，張炎詞名《瀟瀟雨》，鄭子玉詞加「慢」字。《歷代詩餘》：一名《甘州曲》，《西域記》載龜兹國工製《伊州》、《甘州》、《涼州》等曲，皆翻入中國詞調，八聲者，歌時之節奏也。愚按：凡長調皆八韻，八聲者八韻也。起二句十三字，一氣貫下，蘇軾作有「清風萬里送潮來」，程垓作同，是第三字句。葉夢得作「故都迷岸草」，是第五字句，又作「又新正過了」，亦五字句，又一句法。張炎於「天」字起韻，皆可不拘。《絶妙好詞》周密作，後起句七字，是誤多。後段第六句，程作「總使梁園賦猶在」，句法不同，是誤筆，故不另列。「一番」二字，或用平平，或平仄，或仄平，在宋人已無定見。然用平平者多，「一」字原可作平，「番」字亦可讀去，柳集中作去者甚多。「闌干」二字相連，各家同。亦有不連用者，不可從。「瀟瀟」二字，《汲古》作「蕭蕭」。「渺邈」二字，一本作「渺渺」，葉「譜」作「綿邈」。「眸」字作「愁」。「緑」、「苒」、「惟」、「故」、「渺」、「幾」、「倚」、「正」可平。「殘」、「紅」、「無」、「臨」、「歸」、「何」、「佳」、「妝」、「長」、「天」可仄。

又一體九十五字

送湖北招撫吴獵　　劉過

問紫巖去後漢公卿句不知幾貂蟬韻誰能借留侯箸句着祖生鞭叶依舊塵沙萬里句河洛染腥膻叶誰識道山客句衣鉢曾傳叶　共記玉堂對策句欲先明大義句次第籌邊叶況重湖八桂句袖手已多年叶望中原句驅去也句擁十州豆牙纛正翩翩叶春風早句看東南王氣句飛繞星躔叶

「誰能」句下比前少三字，末二句多「看」字，餘同。原題疑有訛缺。

又一體九十五字　　楊恢

摘青梅薦酒句甚殘寒句猶怯苧蘿衣韻正柳腴花瘦句緑雲冉冉句紅雪霏霏叶隔屋秦箏依約句誰品春詞叶回首繁華夢句流水斜暉叶　寄隱孤山山下句但一瓢飲水句深掩苔扉叶羡青山有思句白鶴忘機叶悵年華豆不禁搔首句又天涯豆彈淚送春歸叶銷魂遠句千山啼鴂句十里荼蘼叶

「誰品」句，比各家少一字，餘同。

考楊恢一作湯恢，今從《絕妙好詞》。「思」去聲。

又一體九十八字

秋夜奉懷浙東辛帥　　張鎡

領千巖萬壑句豈無人豆唯欠稼軒來韻正松梧秋到句旌旗風動句樓觀雄開叶俯檻何勞一笑句瀚海蕩纖埃叶餘事了豆鳧鷺閒詠今尊罍叶　江左風流舊話句想登臨浩嘆句白骨蒼苔叶把龍韜藏去句游戲且蓬萊叶念鄉關豆偏憐霜鬢句愛盛名豆何似展真才叶懷公處豆夜深凝望句雲漢星回叶

見《南湖集》。前結一三、一七字句，與各家異。

又一體九十五字　　李好古

壯東南飛觀句切雲高豆峻堞繚波長韻疊蔽空樓櫓句重關警柝句跨水飛梁叶百萬貔貅夜築句隱形勝金湯叶坐落諸蕃膽句扁榜安江叶　游子憑闌淒斷句百年故國句飛鳥斜陽叶恨當時肉食句一擲賭封疆叶骨冷英雄何在句望荒烟豆殘戍觸悲涼叶無言處句西樓畫角句風轉牙檣叶

後段次句、六句各少一字。「繚」上聲。

又一體百字　　胡翼龍

甚年年句心事占秋多句芳洲亂蕪生韻正小山已桂句東籬又菊句秋爲人清叶腸斷洞庭葉下句倚西風豆誰可寄芳蘅叶嫋嫋愁予處句欲醉還醒叶　爲問素娥飲否句自謫仙去後句知與誰明叶耿盈盈如此句分影落瑤觥叶步高臺豆夜深人靜句有飛仙豆同跨海山鯨叶歸來也豆遠游歌罷句失卻秋聲叶

此調見《陽春白雪》。前段第七句上，多「倚西風」三字，與諸家不同。

又一體九十六字

草　　　　鄭子玉

漸鶯聲近也句探年芳豆河畔梔輕輪韻旋東風染緑句綿綿平野句無際烟春叶最苦夕陽天外句愁損倚闌人叶無奈瀟湘杳句留滯王孫叶　冷落池塘殘夢句是送君歸後句南浦銷魂叶賴東君能容句醉卧展香裀叶儘教更行人遠句也相伴豆連水復連雲叶關山道句算無今古句客恨長新叶

「儘教」句六字，比各家少一字。

又一體九十七字　　　　張炎

記玉關豆踏雪事清游韻寒氣脆貂裘叶傍枯林古道句長河飲馬句此事悠悠叶短夢依然江表句老淚灑西州叶一字無題處句落葉都愁叶　載取白雲歸去句問誰留楚珮句弄影中洲叶折蘆花贈遠句零落一身秋叶向尋常豆野橋流水句待招來豆不是舊沙鷗叶空懷感句有斜陽處句卻怕登樓叶

起句「游」字即用韻，與各家異，餘同柳作。「斜陽」二字亦相連。「脆」字，一本作「敝」，「卻」字作「最」，今從《山中白雲詞》。

又一體九十五字　　蕭烈

同宋梅洞、滕玉霄、周秋陽、劉尚友邂逅古洪，以重與細論文爲韻，題樟鎮華光閣證別，分得文字。

可憐生句飄零到荼䕷句依然舊銷魂韻殘春幾許句風風雨雨句客裡又黄昏叶無奈一江烟霧句腥浪捲河豚叶身世忽如葉句那自清渾叶　莫厭悲歌笑語句奈天涯有夢句白髮無根叶怕相思別後句無字寫回文句更月明洲渚句杜鵑聲裡句立向臨分叶三生石句情緣千里句風月柴門叶

「殘春」上比柳作少一字，「客裡」句多一字，「更月明」三句，一五兩四字，少二字。句法亦與各家異。

瀟瀟雨九十七字

泛江有懷袁通父唐月心　　張炎

空山彈古瑟句挹長流句洗耳復誰聽韻倚闌干不語句江潭樹老句風挾波鳴叶愁裡不須啼鴂句花落石牀平叶歲月鷗前夢句耿耿離情叶　記得相逢竹外句看詞源倒瀉句一雪塵纓叶笑匆匆呼酒句飛雨夜舟行叶又天涯豆零落如此句掩閒門豆得似晉人清叶相思恨句趁楊花去句錯到長亭叶

用柳詞首句爲名，字句平仄悉合，自是一調，故附後。

竹馬子 百三字　子或作兒　一名番竹馬

登孤壘荒涼句危亭曠望句靜臨烟渚韻對雌霓掛宇句雄風拂檻句微收煩暑叶漸覺一葉驚秋句殘蟬噪晚句素商時序叶覽景想前歡句指神京豆非霧非烟深處叶　向此成追感句新愁易積句故人難聚叶憑高盡日凝竚叶贏得消魂無語叶極目霽靄霏微句暝鴉零亂句蕭索江城暮叶南樓畫角句又逐殘陽去叶

本集屬仙吕宫，《九宫大成》入南詞大石調正曲。另有《古竹馬》，入北詞中吕調隻曲。

葉夢得詞名《竹馬兒》。

葉夢得一首，起句作一三、一六字，可不拘。《詞律》令作者依柳，而獨收葉詞，不收柳作，不解其意。「逐」字，叶用平聲，「漸覺」二字，「暝」字，《汲古》缺，一作「斷」，今據宋本訂正。「宇」字，《汲古》作「雨」。「逐」字，宋本作「送」。「一」、「日」作平聲。「覽」、「逐」可平。「登」、「贏」可仄。

女冠子 百十一字

淡烟飄薄韻鶯花謝豆清和院落叶樹陰翠豆密葉成幄叶麥秋霽景句夏雲忽變奇峰句倚寥廓叶波暖銀塘緑漲句新萍魚躍叶想端憂多暇句陳王是日句嫩苔生閣叶　正鑠石天高句流金晝永句楚榭光風轉蕙叶披襟處豆波翻翠幕叶以文會友句沉李浮瓜句忍輕諾叶別館清閑句避炎蒸豆豈須河

朔叶但尊前隨分句雅歌艷舞句盡成歡樂叶

唐教坊曲名。本集屬仙呂宮。《九宮大成》入北詞大石調隻曲，一名《雙鳳翹》。又入南詞南呂宮正曲，與《小女冠子》不同。

此調只前段第四句下五句，與薛昭藴作同，餘則迥異。想宮調懸殊，故九宮加「小」字以别之。宜分列。

「麥秋」下二十三字，《圖譜》作一四、一九、兩五字句。《詞律》云不敢妄注。餘謂此數句與五代小令法相同，何竟未一對勘耶！「蕙」字應叶韻，《圖譜》作「惡」字，無理。「端憂」二字，《譜》作「憂端」亦非，宜從《詞律》。「波暖」下十字，《汲古》「緑」字在「萍」字下，《詞律》謂無理，今據《詞律》改正。「光風」二字，《汲古》作「風光」，「樹」字，宋本作「榭」。

又一體百十三字

斷烟殘雨韻灑微涼句生軒户叶動清籟豆蕭蕭庭樹叶銀河濃淡句華星明滅句輕雲時度叶莎階寂静無睹叶幽蛩切切秋吟苦叶疏篁一逕句流螢幾點句飛來又去叶　對月臨風句空恁無眠耿耿句暗想舊日牽情處叶綺羅叢裡句有人人豆那回飲散句略略曾偕鴛侣叶因循忍便睽阻叶相思不得長相聚叶好天良夜句無端惹起句千愁萬緒叶

本集屬大石調。

此與前作迥異，「莎階」下與後段「因循」下同，前半則句法懸殊，姑爲句讀。「烟」字，宋本作「雲」。「略略」二字少一「略」字。

又一體百十四字

雪景　　周邦彥

彤雲密布韻撒梨花豆柳絮飛舞叶樓臺悄似玉借叶向紅爐暖閣句院宇深沉句廣排筵會宜叶聽笙歌猶未徹句漸覺輕寒句透簾穿户叶亂飄僧舍句密灑歌樓句酒帘如故叶　想樵人豆山徑迷蹤路叶料漁父豆收綸罷釣歸南浦叶路無伴侶叶見孤村寂寞句招颭酒旂斜處叶南軒孤雁過句嚦嚦聲聲句又無書度叶見臘梅枝上嫩蕊句兩兩三三微吐叶

見《汲古》刻《片玉詞》補遺，注云：或刻柳耆卿。《詞律》斷爲柳作，《樂章集》並不載，何所見而云然。細較柳第二首，前段首句同，次句多一字，三句少二字，「玉」字或是借叶，四、五、六句同，上多一「向」字，所謂襯字也。「會」字宜叶，七句同，「徹」字亦宜叶，八句又多一字，末三句同。後段起句少二字，次句多三字，三句同，多叶一韻。四、五句少二字，六、七、八句句法不同，結又多一字，平仄亦不同，自是因舊調而譜爲新聲也。周、柳兩集，名同格異者，不僅此一調也。

又一體百七字　　康與之

火雲初布韻遲遲永日炎暑叶濃陰高樹叶黃鸝葉底句羽毛學整句方調嬌語叶薰風時漸動句峻閣池塘句芰荷爭吐叶畫梁紫燕句對對銜泥句飛來又去叶　想佳期豆容易成辜負叶共人人豆同上

畫樓斟香醑叶恨花無主叶卧象牀犀枕句成何情緒叶有時魂夢斷句半窗殘月句透簾穿户叶去年今夜句扇兒扇我句情人何處叶

此與柳第二首差同，惟前後段第三句少三字，七、八、九句，一五、兩四字，少叶一韻。後段起二句多一字，多叶一韻。四、五句共少四字，後段與周作差同，但少三字。

又一體百十二字

元夕　蔣捷

蕙花香也韻雪晴池館如畫叶春風飛到句寶釵樓上句一片笙簫句琉璃光射叶而今燈漫掛叶不是暗塵明月句那時元夜叶況年來豆心懶意怯句羞與鬧蛾爭耍叶　江城人悄初更打叶問繁華豆誰解再向天公借叶剔殘紅灺叶但夢裡隱隱句鈿車羅帕叶吴箋銀粉砑叶待把舊家風景句寫成閑話叶笑緑鬟鄰女句倚窗猶唱句夕陽西下叶

此仿康體，惟前段第三句不叶韻，前後第七句叶韻，八句六字各多二字，後段十句五字各多一字，前結一三、一四、一六字，後結少一字，换頭句少一字，與康作異。「鬧蛾」二字，各本作「蛾兒」，「鬟」字作「鬢」，「倚」字作「綺」，誤，今從《詞律》。「蕙花」二字，一作「蕙風」，「雪晴」二字作「霜晴」，此本較勝。「怯」作平聲。

又一體 百十字

競渡　　蔣捷

電旂飛舞韻雙雙還又争渡叶湘灕雲外句獨醒何在句翠藥紅蘅句芳菲如故叶深衷全未語叶不似素車白馬句捲潮起怒叶但悄然句千載舊跡句時有閑人吊古叶　生平慣受椒蘭苦叶甚魄沉寒浪句更被饞蛟妒叶結瓊紉璐叶料貝闕隱隱句騎鯨烟霧叶楚妃花倚暮叶玉簫吹了句沂波同步叶待月明洲渚叶小留旌節句朗吟騷賦叶

後段第八句四字，比前作少二字，十句叶韻，次句於「浪」字句。前作亦當於「解」字句，餘同前作。

小鎮西 七十九字

意中有個人句芳顔二八韻天然俏豆自來奸黠叶最奇絶叶是笑時媚靨叶深深百態千嬌句再三偎着句再三香滑叶　久離缺叶夜來魂夢裡句尤花殢雪叶分明似豆舊家時節叶正歡悦叶被鷄聲唤起句一場寂寞句無眠向曉句空有半窗殘月叶

唐教坊曲名有《鎮西子》、《鎮西樂》，唐樂府名商調曲，本集屬仙吕宫。

「久離缺」三字，是换頭句，《汲古》訛刻，今從宋本。末三句，《詞律》作一六兩四字句，意與前段合，不知此等不礙宫調，改變者甚多，况後蔡作有此讀法乎？何必拘泥如此。「鷄聲」二字，宋本作「鄰鷄」，「寞」字作「寥」，未確。

小鎮西犯 七十二字

水鄉初禁火句青春未老韻芳菲滿豆柳汀烟島叶波際紅幃縹緲叶盡杯盤小叶歌祓禊豆聲聲諧楚調叶　路繚繞叶野橋新市裡句花穠枝好叶引游人豆競來歡笑叶酩酊誰家年少叶任玉山倒叶家何處豆落日眠芳草叶

本集屬仙吕宫。

《詞律》缺「楚」字，謂「杯盤」、「玉山」宜相連，是極。前後下半段，與前作迥異，所以名犯者，是换本調犯他調也。《詞律》云：題有犯字，必非《鎮西》全體，此不明宫調之論也，詳見《淒凉犯》白石自注。《汲古》於「繚繞」分段，今從宋本。「枝」字，宋本作「妓」。「任」字，《汲古》作「信」。「玉山」下，《歷代詩餘》多「傾」字，皆誤。

鎮西 七十九字　蔡伸

秋風吹雨句覺重衾寒透韻傷心聽豆曉鐘殘漏叶凝情久叶記紅窗夜雪句促膝圍爐句交杯勸酒叶如今頓孤歡偶叶　念别後叶菱花清鏡裡句眉峰暗鬥叶想標格豆怎禁消瘦叶忍回首叶但雲箋妙墨句鴛錦啼妝句依然似舊叶臨風淚沾襟袖叶

此名《鎮西》，前後與柳作《小鎮西》同，只前起一四、一五字，前後第七句叶韻，略異。「格」字，《汲古》、《詞律》作「容」。「妙墨」二字，《詞律》作「墨妙」。

甘州令 七十八字

凍雲深句淑氣淺句寒欺緑野韻輕雪伴豆早梅飄謝叶艷陽天句正明媚句卻成瀟灑叶玉人歌句畫樓酒句對此早豆驟增高價叶　賣花巷陌句放燈臺榭叶好時節豆怎生輕捨叶賴和風句蕩霽靄句廓清良夜叶玉塵鋪句桂華滿句素光裡豆更堪游冶叶

本集屬仙呂宮。

亦是《六州歌頭》之一，與《甘州子》、《甘州遍》、《甘州曲》皆不同，故另列。餘詳《甘州曲》、《八聲甘州》下。「節」字，《汲古》作「代」，「華」字作「莖」，今據宋本訂正。

玉山枕 百十三字

驟雨新霽韻蕩原野句清如洗叶斷霞散彩句殘陽倒影句天外雲峰句數朵相倚叶露荷烟芰滿池塘句見次第豆幾番紅翠叶當是時豆河朔飛觴句避炎蒸句想風流堪繼叶　晚來高樹清風起叶動簾幕句生秋氣叶畫樓晝寂句蘭堂夜静句舞艷歌姝句漸任羅綺叶訟閑時泰足風情句便争奈豆雅歡都

廢叶省教成豆幾闋清歌句盡新聲句好尊前重理叶

本集屬仙吕宮。

此調無他作可證，平仄宜悉從之。《圖譜》謂「雨」字起韻固非，《詞律》謂「芰」字、「泰」字叶韻，亦未確。又兩結當一三、一七、一五字，一氣貫下，可不拘。「荷」字，《汲古》作「莎」，「清歌」二字作「新歌」，與下重。「理」字作「里」，今從宋本。「雅歡」二字，宋本作「雅歌」，與上下三重，今從《歷代詩餘》。「任」平聲。

望海潮 百七字

錢塘懷古

東南形勝句三吴都會句錢塘自古繁華韻烟柳畫橋句風簾翠幕句參差十萬人家叶雲樹繞堤沙叶怒濤捲霜雪句天塹無涯叶市列珠璣句户盈羅綺競豪奢叶　重湖疊巘清嘉叶有三秋桂子句十里荷花叶羌管弄晴句菱歌泛夜句嬉嬉釣叟蓮娃叶千騎擁高牙叶乘醉聽簫鼓句吟賞烟霞叶異日圖將好景句歸去鳳池誇叶

本集屬仙吕宮。

《詞名集解》：大曲也。鄧千江作，愚按：鄧乃金人，在南宋時，柳自在前，此語不確。

《青泥蓮花記》：柳耆卿與孫相何爲布衣交。孫知杭，門禁甚嚴，耆卿欲見之不得，作《望海潮》詞云云。往謁名妓楚楚曰：「欲見孫相，恨無門路，若因府會，願借朱唇歌于孫之前，若問誰爲此詞，但説柳七。」中秋夜會，楚宛轉歌之，孫即日迎耆卿預坐。《錢塘遺事》：孫何帥錢塘，柳耆卿作《望海潮》詞贈之，有「三秋桂子，十里荷花」之句。此詞流播，金主亮聞之，欣然起投鞭渡江之志。

「畫」「弄」二字，必去聲，各家同，切不可易。只石孝友一首用平，是敗筆。楊无咎一首用「菊暗荷枯」，亦不可從。「捲」字仄，各家用平，或以上作平，「濤」字間有用平者，《圖譜》所注固不可從。《詞律》所論起字必用平，亦未確。「怒濤捲」三字，《詞律》謂當作「捲怒濤」，是也。「三吳」二字，葉《譜》作「江湖」，「巘」字作「嶂」。「十萬」二字，宋本作「十里」，與下重。「翠」、「捲」、「釣」可平。「濤」、「重」、「千」可仄。「聽」平聲。

又一體百七字

洛陽懷古　秦觀

梅英疏淡句冰澌溶洩句東風暗換年華韻金谷俊游句銅駝巷陌句新晴細履平沙叶長記誤隨車叶正絮翻蝶舞句芳思交加叶柳下桃蹊句亂分春色到人家叶　西園夜飲鳴笳叶有華燈礙月句飛蓋妨花叶蘭苑未空句行人漸老句重來事事堪嗟叶烟暝酒旗斜叶但倚樓極目句時見棲鴉叶無奈歸心句暗隨流水到天涯叶

後結一四、一七字，與前異，餘同。晁補之作，結句用上三下四字句法。「蝶」、「極」作平聲。

又一體百八字

上太原知府王君貺尚書　沈公述

山光凝翠句川容如畫句名都自古并州韻簫鼓沸天句弓刀似水句連營十萬貔貅叶金騎走長楸叶少年人豆一一錦帶吴鈎叶路入榆關句雁飛汾水正宜秋叶　追思昔日風流叶有儒將醉吟句才子狂游叶松偃舊亭句城高故國句空餘舞榭歌樓叶方面倚賢侯叶便恐爲霖爲雨句歸去難留叶好向西溪句恣移弦管燕蘭舟叶

「少年人」二句，一三、一六字，「便恐」句六字，比各家多一字，此亦襯字也。結句亦多一字。

又一體百七字

獻張六太尉　鄧千江

雲雷天塹句金湯地險句名藩自古皋蘭韻營屯綉錯句山形米聚句襟喉百二秦關叶鏖戰血猶殷叶見陣雲冷落句時有雕盤叶静塞樓頭曉月句依舊玉弓彎叶　看看叶定遠西還叶有元戎閫令句上將齋壇叶區脱晝空句兜鍪夕解句甘泉又報平安叶吹笛虎牙閒叶且宴陪珠履句歌按雲鬟叶招取英靈毅魄句長繞賀蘭山叶

《歸潛志》：金國初，有張六太尉者鎮西邊。有一士人鄧千江者，獻一樂章《望海潮》云云。太尉贈以白金百星，其人猶不愜意而去。詞至今傳之。

換頭二字叶韻，前結一六、一五字，與後結同，比各家異。「管屯」句、「有元戎」句平仄反，是誤筆，勿從。「月」作平聲。

又一體百六字

無名氏

彩筒角黍句蘭橈畫舫句佳節競吊沅湘韻古意未收句新愁又起句斷魂流水茫茫叶堪笑又堪傷叶有臨皐仙子句連璧檀郎叶暗約同歸句遠烟深處弄滄浪叶　倚樓魂已飛揚叶共偷揮玉箸句痛飲霞觴叶烟水無情句揉花碎玉句空餘怨柳凄涼叶楊謝舊遺芳叶世間縱有句不恁非常叶但看芙蕖並蒂句他一日雙雙叶

《詞苑叢談》紹興庚午，臺之黄巖妓有姓謝者，與楊芳情好甚篤。爲媪所製，相約投之江。好事者爲《望海潮》以吊之云。「世間」句四字，比各家少一字，結處用一領四字句，亦差異。「共偷」句，平仄與鄧作同。

促拍滿路花八十三字

香靨融春雪句翠鬢嚲秋烟韻楚腰纖細正帊年叶鳳幃夜短句偏愛日高眠叶起來貪顛耍句只恁殘

卻黛眉句不整花鈿叶　有時攜手閒坐句偎倚緑窗前叶温柔情態儘人憐叶畫堂春過句悄悄落花天叶最是嬌癡處句尤殢檀郎句未教拆了鞦韆叶

本集屬仙吕宮，《太平樂府》注南吕調，《九宮大成》入南詞仙吕宮正曲。詞之以「促拍」名者始此。促拍解，見卷四。

前段第七句，「卻」字以入作平，「帊年」二字，《汲古》、《詞律》缺。「鬢」字作「鬟」，「要」字作「頑」，「最」字作「長」，皆誤。今據宋本增改。

又一體八十三字

同柳仲修在趙屯　　呂渭老

西風晴日短句小雨菊花寒韻斷雲低古木句暗江天叶星娥尺五句佳約誤當年叶小語憑肩處句猶記西園句畫橋斜月闌干叶　烏啼花落句春信遣誰傳叶尚容清夜夢句小留連叶青樓何處句寶鏡注嬋娟叶應念紅箋事句微暈春山句背窗愁枕孤眠叶

前後段第三四句，一五、一三字，比柳作各多一字。換頭句四字，比柳作少二字，餘同。「晴」字，《汲古》作「秋」。「誤」字葉《譜》作「阻」，「月」字作「日」。「西風」句平仄與柳異。

又一體八十六字

信豐黃帥尹跳珠亭　　趙師俠

栽花春爛漫句疊石翠巑岏韻小亭相對倚句數峰寒叶主人尋勝句接竹引清泉叶鑿破蒼苔地句一掬泓澄句六花疑是深淵叶山前六花小池　向閒中豆百慮翛然叶情事寄鳴弦叶爐香陪茗盌句可忘言叶噴珠濺雪句歷歷聽潺湲叶塵世知何計句不老朱顏句靜看日月跳丸叶

前後段第三、四句與呂作同。换頭句七字，比柳作多一字。「主」、「接」、「濺」可平。「尋」、「疑」可仄。「看」平聲。「日」作平。

又一體八十四字

瑞香　　呂勝已

名花無影迹句寒風日淒涼韻人間千萬樹句歇芬芳叶紫微宮女句仙馭降霓裳叶名在仙班簿句不屬塵凡句洞天密鎖雲窗叶　遺璫連寶珥句人世識天香叶凝寒承雨露句傲冰霜叶凌波仙子句邂逅水雲鄉叶更約南枝友句游遍江南句共歸三島扶桑叶

换頭兩五字句，與前段對起同。「風」字宜仄，可不拘。餘同呂作。

又一體八十三字　　秦觀

露顆添花色韻月彩投窗隙叶春思如中酒句恨無力叶洞房咫尺句曾寄青鸞翼叶雲散無踪迹叶羅帳更殘句夢回無處尋覓叶　輕紅膩白叶步步薰蘭澤叶約腕金環重句宜裝飾叶未知安否句一向無消息叶不是尋常憶叶憶後教人句片時存濟不得叶

此用仄韻，體格與吕作同。「恨」字宜用平。「思」字，去聲。葉《譜》作「寒」，誤。「寄」字一作「記」，「更」字作「春」。

又一體八十三字　　周邦彦

金花落燼燈句銀礫鳴窗雪韻庭深微漏斷句行人絶叶風扉不定句竹圃琅玕折叶玉人新間闊叶著這情懷句更當恁地時節叶　無言欹枕句帳底流清血叶愁如春後絮句來相接叶知他那裡句争信人心切叶除共天公説叶不成也還句似伊無個分别叶

前後段起句不用韻，首句及前後第三句，平仄與秦作異。「玉人」句、「除共」句，另一首平仄相反，想不拘。「不成也還」句，宜仄仄平平。觀方千里和詞作「攬鏡沉吟」，又作「那日情懷」，陳允平作「天若有情」，可見。「著這情懷」四字，葉《譜》作「著甚情悰」。「間」去聲。「恁」可平。「欹」、「無」可仄。

滿園花 八十七字

秦觀

一向沉吟久韻淚珠盈襟袖叶我當初不合句苦撋就叶慣縱得軟頑句見底心先有叶行待癡心守叶甚捻着脈子句倒把人來僝僽叶　近日來豆非常羅皂醜叶佛也須眉皺叶怎掩得衆人口叶待收了孛羅句罷了從來斗叶從今後叶休道共我句夢見也不能得勾叶

此調見《淮海集》。《詞律》云：名與《滿路花》相似，前段只多「慣」字、「甚」字，後段起句八字，比趙作多一字，次句五字，同趙作，三句少二字、四句多「待」字，六句少二字，末句多「也」字，皆虛字作襯，實是一調。《詞律訂》云：《歸去難》、《滿園花》、《一枝花》，皆《滿路花》也，故類列。「能得」二字，當是「得能」，訛倒。「一」、「我」、「撋」、「掩」、「得」、「罷」可平。「收」可仄。「脈」、「子」、「孛」作平聲。

又一體 八十六字

袁去華

江上西風晚韻野水兼天遠叶雲衣掩翠縷句易零亂叶見柳葉滿梢句秀色驚秋變叶百歲今強半叶兩鬢青青句盡着吴霜偷換叶　向老來豆功名心事懶叶客裡愁難遣叶乍飄零豆有誰管叶對照壁孤燈句相與秋蟲嘆叶人間事豆經了萬千句這寂寞豆幾時曾見叶

此與秦作同。惟前段第八句少一字，與各家同。「強」去聲。

歸去難八十三字

周邦彦

佳約人未知句背地伊先變韻惡會稱停事句看深淺叶如今信我句委的論長遠叶好彩無可怨叶自合教伊句推些事後分散叶　密意都休句待說腸先斷叶此恨除非是句天相念叶堅心更守句未死終須見叶多少閑磨難叶到得其間句知他做甚頭眼叶

前後段結句「事」字、「做」字用仄，換頭句用仄仄平平，與秦作異，餘皆同，自是一調各名，無可擬議。

詞繫卷九

宋

西施七十三字　　柳永

苧蘿妖艷世難儕韻善媚悅君懷叶後庭恃愛寵句盡使絕嫌猜叶正恁朝歡暮宴句情未足句早江上兵來叶　捧心調態軍前死句旋羅綺豆變塵埃叶至今想怨魄句無主尚徘徊叶夜夜姑蘇城外句當時月句但空照荒臺叶

本集屬仙吕宫。

此詠西施事，即以名調。「後庭」句，「至今」句，明明可解，《詞律》謂有訛錯，亦奇。兩結句是一領四字句，勿誤。「儕」字，《汲古》缺，宋本作「偕」。「旋羅綺」三字，《汲古》、《詞律》作「羅綺旋」，誤，今據《詞譜》改正。「愛」字，宋本缺。

又一體七十一字

柳永

柳街燈市好花多韻盡讓美璚娥叶萬嬌千媚句的的在層波叶取次妝梳句自有天然態句愛淺畫雙蛾叶　斷腸最是金閨客句空憐愛豆奈伊何叶洞房咫尺句無計枉朝珂叶有意憐才句每遇行雲處句幸時恁相過叶

本集屬仙吕調。

兩第三句比前各少一字，兩第五、六句作一四、一五字讀，略異。宋本缺「幸」字，脱誤，宜從《汲古》。「的」可平。「無」、「時」可仄。

郭郎兒近拍七十三字

帝里韻閒居小曲深坊句庭院沉沉朱户閉叶新霽叶畏景天氣叶薰風簾幕無人句永晝厭厭如度歲叶　愁痒叶枕簟微涼句睡久輾轉慵起叶硯席塵生句新詩小闋句等閑都盡廢叶這些兒豆寂寞情懷句何事新來常恁地叶

本集屬仙吕調。

《樂府雜録》：有郭郎者，髮正秃，善優笑，閭里呼爲郭郎。凡戲場必在俳兒之首。近拍者，音節拍促也，與促拍差同。詞之以「近拍」名者始此。

或云「帝里」即是起韻。《汲古》於「愁瘁」分段，《詞律》謂宜屬後段，是。「輾轉」二字，《汲古》作「轉轉」，誤，今從宋本改正。

透碧霄 百十二字

月華邊韻萬年芳樹起祥烟叶帝居壯麗句皇家熙盛句寶運當千叶端門清晝句觚棱照日句雙闕中天叶太平時豆朝野多歡叶遍錦街香陌句鈞天歌吹句閬苑神仙叶 昔觀光得意句狂游風景句再睹更精妍叶傍柳陰句尋花逕句空恁嚲轡垂鞭叶樂游雅戲句平康艷質句應也依然叶仗何人豆多謝嬋娟叶道宦途踪迹句歌酒情懷句不似當年叶

本集屬南呂調。

此調自詠本意，想是創格，只查荎一首與此同。「空恁」句作「須采掇，倩纖柔」，於三字豆，《詞律》所論穿鑿無謂。又以「日」字、「質」字作平，更不確。「寶」字。葉《譜》作「景」，「野」字，《汲古》作「夜」，誤。「途」字，宋本作「名」，葉《譜》作「游」。「吹」去聲。「錦」、「再」、「艷」、「宦」可平。「朝」、「踪」、「雙」可仄。

又一體 百十七字

曹勛

閬苑喜新晴韻正桂華豆飄下太清叶寶籞涼秋句夢祥明月句天開輔盈成叶宮闈女職遵慈訓句見

海宇儀型叶奉東朝句晨夕趨承叶化内外豆咸知柔順句已看彤管賦和平叶　宴坤寧叶香騰金猊烟暖句祕殿彩衣輕叶六樂絲竹句繞雲縈水句總按新聲叶天臨帝幄句親頒壽酒句恩意兼勤叶雁行綴豆宰府殊榮叶願萬億斯年句南山并永句坤厚贊堯明叶

調見《松隱集》。起處多二字，「天開」句多一字，兩結各多一字，餘則變化句法，與柳作大異。「竹」作平。

木蘭花慢 百一字

古繁華茂苑句是當日句帝王州韻詠人物鮮明句土風細膩句曾美詩流叶尋幽叶近香徑處句聚蓮娃釣叟簇汀洲叶晴景吴波練静句萬家緑水朱樓叶　凝眸叶乃睠東南句思共理句命賢侯叶繼夢得文章句樂天惠愛句布政優優叶遨頭叶況虛位久句遇名流勝景且淹留叶贏得蘭堂醖酒句畫船攜妓歡游叶

本集屬南吕調。

此與《木蘭花》小令，及減字、偷聲，皆不相協。自是創成慢曲，故另列。

首句是一領四字句，「幽」字、「頭」字是藏韻，詞中用藏韻者始此。「茂」、「近」、「徑」、「練」、「萬」、「乃」、「睠」、「況」、「位」、「醖」、「畫」諸去聲字，勿誤。《詞律》獨取蔣捷詞，以爲規矩森然，不知柳作二首在先，乃是正格，何嘗不嚴謹已極耶。「夢」字，《汲古》作「楚」，今從宋本。「眸」字，宋本作「旒」，「遨」字，《汲古》作「鰲」，今從《詞譜》。「土」、「細」、「釣」、「緑」、「樂」、「惠」、「布」、「勝」可平。「曾」、「人」、「晴」、「攜」可仄。

又一體百一字

清明

拆桐花爛漫句乍疏雨句洗清明韻正艷杏燒林句緗桃綉野句芳草如屏叶傾城叶盡尋勝去句驟雕鞍紺幰出郊坰叶風暖繁弦脆管句萬家競奏新聲叶　盈盈叶鬥草踏青叶人艷冶句遞逢迎叶向路傍往往句遺簪墜珥句珠翠縱横叶歡情叶對佳麗地句任金罍罄竭玉山傾叶拚卻明朝永日句畫堂一枕春酲叶

《詞品》云：《木蘭花慢》，惟柳耆卿《清明》詞，得音調之正。蓋「傾城」、「盈盈」、「歡情」，皆於第二字中藏韻。換頭處「青」字叶韻，而「路傍」句平仄與前異。「艷」字，《汲古》作「焰」，「草」字作「景」，「脆」字作「翠」，「任」字，《汲古》作「信」，俱誤，今據宋本訂正。「爛」、「盡」、「勝」、「鬥」、「對」、「麗」、「畫」必用去聲。「草」、「永」必用上聲。

又一體百一字

春怨　程垓

倩嬌鶯婉燕句說不盡豆此時情叶正小院春闌句芳園晝鎖句人去花零叶憑高試回望眼句奈遥山遠水隔重雲叶誰遣風狂雨損句便教無計留春叶　情知雁杳與鴻冥叶自難寄叮嚀叶縱柳院鞦

深句桃門笑在句知屬何人叶衣篝幾回忘了句奈殘香豆猶有舊時熏叶空使風頭捲絮句爲他飄蕩花城叶

前後段第七句不藏韻，換頭二句，一七、一五字，第二字亦不叶，此又一體也。此調當以此三首爲正格，餘皆變體。「婉」、「試」、「望」、「雨」、「便」、「雁」、「杳」、「幾」、「忘」、「捲」、「爲」必用仄。「忘」、「爲」去聲。

又一體 百一字

呂渭老

石榴花謝了句正荷葉句蓋平池韻試瑪瑙杯深句琅玕簟冷句臨水簾帷叶知他故人甚處句晚霞明豆斷浦柳枝垂叶唯有松風水月句向人長似當時叶　依依叶望斷水窮雲起處句是天涯叶奈燕子樓高句江南夢斷句虛費相思叶新愁暗生舊恨句更流螢豆弄月入紗衣叶除卻幽花軟草句此情未許人知叶

前後段。第七句不用藏韻，後段二字叶，次句一七、一三字，略異，餘與柳第一首同。「晚霞」句，宜一領七字句，此誤筆。「謝」、「故」、「甚」、「水」、「向」、「望」、「斷」、「暗」、「舊」、「軟」、「此」必用仄聲。

又一體 百三字

無名氏

飽經霜古樹句怕春寒豆趁臘引青枝韻逗一點陽和句隔年信息句遠報佳期叶淒葩未容易吐句但

凝酥豆半面點胭脂叶山路相逢駐馬句暗香微染征衣叶　風前裊裊含情句雖不語句引長思叶似怨感芳姿叶山高水遠句折贈何遲叶分明爲傳驛使句寄一枝春色寫新詞叶寄語市橋官柳句此先占了芳菲叶

見《梅苑》。前起次句八字，比各家多二字。「古」、「未」、「易」、「駐」、「暗」、「裊」、「此」必用仄。「官」宜仄。「爲」、「驛」去聲。

又一體百一字　　盧祖皋

嫩寒催客棹句載酒去句載書歸韻正紅葉滿山句清泉漱石句多少心期叶三生溪橋話別句悵碧蘿豆猶惹翠雲衣叶不似今番醉夢句帝城幾度斜暉叶　鴻飛叶烟水瀰瀰叶回首處句只君知叶念吳江鷺憶句孤山鶴怨句依舊東西叶高峰夢醒雲起句是瘦吟窗底憶君時叶何日還尋舊約句爲余先寄梅枝叶

此與柳第二首同，只第七句不藏韻。起句上二、下三字，句法亦異，與吕作同。「客」、「話」、「醉」、「帝」、「水」、「夢」、「舊」、「爲」用仄。「客」、「爲」去聲。「醒」平聲。「溪」、「雲」宜仄。

又一體百一字

詠冰　蔣捷

傍池闌倚遍句問山影句是誰偷韻但鷺斂瓊絲句鴛藏綉羽句礙浴妨浮叶寒流叶暗衝片響句似犀椎帶月靜敲秋叶因念涼荷院宇句粉丸曾泛金甌叶　妝樓叶曉澀翠罌油叶倦鬢理還休叶更有何意緒句憐他半夜句瓶破梅愁叶紅稠叶淚乾萬點句待穿來寄與薄情收叶只恐東風未轉句誤人日望歸舟叶

此同程體，第七句藏韻，換頭句七字，第二字亦叶。備列五首，此調體格盡之矣，作者擇而從之可也。「倚」、「暗」、「片」、「院」、「粉」、「曉」、「淚」、「萬」、「未」、「誤」必用仄。「澀」作去。

又一體百二字

送陳石泉北歸　陳參政

北歸人未老句喜依舊句著南冠韻正雪暗滹沱句雲迷芒碭句夢落邯鄲叶鄉心促日行萬里句幸此身豆生入玉門關叶多少秦烟隴霧句西湖淨洗征衫叶　燕山叶望不見吳山叶回首一征鞍叶慨故宮離黍句故家喬木句那忍重看叶鈞天紫微何處句問瑤池豆八駿幾時還叶誰在天津橋上句杜

鶻聲裡闌干叶

周密《志雅堂雜鈔》云：陳石泉自北歸，有北人陳參政餞之《木蘭花慢》云云。

「鄉心促」句七字，與各家不同，恐有誤。後起同蔣作。「未」、「萬」、「隴」、「望」、「不」、「紫」、「杜」必用仄聲。「西」、「何」、「橋」宜仄。「日」作去聲。

瑞鷓鴣 八十八字

寶髻瑤簪韻嚴妝巧句天然綠媚紅深叶綺羅叢裡句獨逞謳吟叶一曲陽春定價句何啻值千金叶傾聽處句王孫帝子句鶴蓋成陰叶　凝態掩霞襟叶動象板聲聲句怨思難任叶嘹亮處句迴壓弦管低沉叶時恁迴眸斂黛句空役五陵心叶須信道句緣情寄意句別有知音叶

本集屬南呂調。

此與《瑞鷓鴣》小令全不相侔，想因舊調衍爲慢曲也，故另列。

「迴」字，《汲古》作「回」，據宋本改正。「嘹亮」下，宋本無「處」字。「寶」「綺」、「獨」、「鶴」可平。「然」、「叢」可仄。「思」去聲。

又一體 八十七字

吴會風流韻人烟好句高下水際山頭叶瑤臺絳闕句依約蓬邱叶萬井千閭富庶句雄壓十三州叶看

觸處豆青娥畫舸句紅粉朱樓叶　方面委元侯叶致訟簡時豐句繼日歡游叶襦温袴暖句已扇民謳叶旦暮鋒車命駕句重整濟川舟叶當恁時豆沙堤路穩句歸去難留叶

本集屬南吕調。

此體《汲古》、《詞律》未載，據宋本補。

後段第四、五句各四字，比前作少一字。

憶帝京七十二字

薄衾小枕涼天氣韻乍覺别離滋味叶輾轉數寒更句起了還重睡叶畢竟不成眠句一夜長如歲叶也擬待豆卻回征轡叶又争奈豆已成行計叶萬種思量句多方開解句只恁寂寞厭厭地叶繫我一生心句負你千行淚叶

本集屬南吕調，《九宫大成》入北詞仙吕調隻曲。

「待」字，《汲古》作「把」，今從宋本。「薄」、「别」、「卻」、「已」、「寂」可平。「争」、「行」、「開」可仄。

又一體七十六字

黄庭堅

銀燭生花如紅豆韻占好事豆如今有叶人醉曲屏深句借寶瑟豆輕招手叶一陣白蘋風句故滅燭豆教

相就叶　花帶雨豆冰肌香透叶恨啼鳥豆轆轤聲曉叶柳岸微涼吹殘酒叶斷腸人依舊叶鏡中消瘦叶恐那人知後叶鎮把你來僝僽叶

此體見《山谷詞》，前段首句平仄拗，第四、第六句皆六字，與柳異。「轆轤」句，《詞律》謂「曉」字宜叶，此是江西音也，往往有韻、巧韻並叶，《山谷詞》內甚多。《詞匯》以「曉」作「驟」，強合，未必然。或云「舊」字是叶，存參。

迎新春百四字

嶰管變青律句帝里陽和新布韻晴景回輕煦叶慶嘉節豆當三五叶列華燈豆千門萬户叶遍九陌豆羅綺香風微度叶十里燃絳樹叶鰲山聳豆喧天簫鼓叶　漸天如水句素月當午叶香徑裡豆絕纓擲果無數叶更闌燭影花陰下句少年人豆往往奇遇叶太平時豆朝野多歡民康阜叶隨分良聚叶堪對此景句爭忍獨醒歸去叶

《宋史·樂志》：太宗製雙角調，本集屬大石調，《九宮大成》入南詞大石調正曲，許《譜》同。此詠本意爲名。《汲古》不分段，《詞律》謂宜「簫鼓」句分段，《歷代詩餘》於「當午」句分段，今從宋本。「絳」、「對」二字宜去聲，勿誤。「喧天」，《汲古》作「喧喧」。「堪」字，各本在「隨分」上，缺「景」字，亦據宋本訂正。「纓」字，《詞譜》作「因」，誤。

曲玉管百五字　管一作琯

隴首雲飛句江邊日晚句烟波滿目憑闌久韻一望關河蕭索句千里清秋換平叶忍凝眸平叶　杳杳神京句盈盈仙子句別來錦字終難偶仄叶斷雁無憑句冉冉飛下汀洲平叶思悠悠平叶　暗想當初句有多少豆幽歡佳會句豈知聚散難期句翻成兩恨雲愁平叶阻追游平叶悔登山臨水句惹起平生心事句一場銷黯句永日無言句卻下層樓平叶

唐教坊曲名。本集注大石調，《九宮大成》入南詞大石調正曲，許《譜》同。

此本部三聲平仄通叶體，長調平仄互叶者始此。

《詞律》云：「思悠悠」三字，疑是後疊起句。愚按：此是雙拽頭格，「隴首」至「凝眸」與「杳杳」至「悠悠」句，平仄相同，「一望關河」二句，或上六下四，或上四下六，一氣貫下，原可不拘。三字句凡三必仄平平，勿易。「平生心事」句當叶韻，恐有誤字。「一望」二字，宋本作「立望」，未確。「悔」字作「每」。國初董以寧於「暗想」句叶韻，「惹起」句七字叶，「一場」二句作五字一句，不知何據？存參。「思」去聲。

滿朝歡百一字

花隔銅壺句露晞金掌句都門十二清曉韻帝里風光爛漫句偏愛春杪叶烟輕晝永句引鶯囀上林句魚游靈沼叶巷陌乍晴句香塵染惹句垂楊芳草叶　因念秦樓彩鳳句楚館朝雲句往昔曾迷歌

笑叶別來歲久句偶憶歡盟重到叶人面桃花句未知何處句但掩朱門悄悄叶盡日佇立無言句贏得淒涼懷抱叶

唐教坊曲名。本集屬大石調，《九宮大成》入南詞高大石調正曲，許《譜》同。

此爲《滿朝歡》正調，與《歸朝歡》無涉。李、劉一首是《萬年歡》之別名，各譜誤併，今訂正分列。

「二」字、「乍」字宜去聲，勿誤。「門」字，宋本作「扉」。「乍」必用仄聲。

柳初新 八十一字

東郊向曉星杓亞韻報帝里豆春來也叶柳擡烟眼句花勻露臉句漸覺綠嬌紅姹叶妝點層臺芳榭叶運神功豆丹青無價叶　別有堯階試罷叶新郎君豆成行如畫叶杏園風細句桃花浪暖句競喜羽遷鱗化叶遍九陌豆相將游冶叶驟香塵豆寶鞍驕馬叶

周密天基聖節樂次，第十三盞觱篥起《柳初新慢》。本集屬大石調，《九宮大成》入南詞大石調引，許《譜》同。

「擡」字，《汲古》作「臺」，「榭」字作「樹」，失韻。「驕」字作「嬌」，皆誤。「向」、「報」、「柳」可平。

又一體 八十二字

無名氏

千林凋謝嚴凝日韻青帝許豆梅花拆叶孤根回暖句前村雪裡句昨夜一枝凝白叶天匠與豆雕瓊鏤

玉借叶淡然非豆人間標格叶　別有神仙第宅叶綉簾垂豆碧紗窗隔叶月明風送句清香苒苒句着摸美人詞客叶向曉來豆芳苞乍摘叶對菱花豆倍添姿色叶

見《梅苑》。前段第六句七字，與後段同，比柳作多一字。

受恩深 八十六字　受一作愛

雅致裝庭宇韻黃花開淡濘叶細香明艷盡天與叶助秀色堪餐句向曉自有真珠露叶剛被金錢妒叶擬買斷秋天句容易獨步叶　粉蝶無情蜂已去叶要上金尊句惟有詩人曾許叶待宴賞重陽句恁時盡把芳心吐叶陶令輕回顧叶免憔悴東籬句冷烟寒雨叶

本集屬大石調，《九宮大成》入南詞大石調正曲。

《汲古》名《愛恩深》，據宋本改。《詞律》未載此調。董以寧詞名《恩愛深》，更誤。

「助秀」句、「待宴」句、「擬買」句、「免憔」句，是一領四字句法。「助」字、「待」字、「擬」字、「免」字是領字，勿誤。

夢還京 七十九字

夜來匆匆飲散句欹枕背燈睡韻酒力全輕句醉魂易醒句風揭簾櫳句夢斷披衣重起叶悄無寐叶

追悔當初句綉閣話別太容易叶日許時豆猶阻歸計叶甚況味叶旅館虛度殘歲叶想嬌媚叶那裡獨守鴛幃靜句永漏迢迢句也應暗同此意叶

本集注大石調，《九宮大成》入南詞大石調正曲。

《花草粹編》、《詞緯》分三段，於「重起」爲一段，「歸計」爲二段。此調不應分三疊，或當於「容易」句分段，惜無他作可證。姑從宋本及《汲古》本。

兩同心 六十八字

佇立東風句斷魂南國韻花光媚豆春醉瓊樓句蟾彩迴豆夜游香陌叶憶當時豆酒戀花迷句役損詞客叶　別有眼長腰搦叶痛憐深惜叶鴛鴦阻豆夕雨淒淒句錦書斷豆暮雲凝碧叶想別來豆好景良時句也應相憶叶

本意屬大石調，《九宮大成》入北詞高大石角隻曲。

《詞名集解》云：古樂府《蘇小小歌》「何處結同心」，唐教坊樂曲，遂有《同心結》，詞家因有兩調同此名，遂名之曰《兩同心》。「夜」、「損」、「夕」、「錦」、「別」可平。「花」、「光」、「深」、「鴛」、「鴦」、「書」可仄。「應」平聲。「鴦」字，宋本作「會」，「淒淒」二字，《汲古》作「朝飛」。

又一體六十八字　　楊无咎

行看不足韻坐看不足叶柳條軟豆斜倚春風句海棠睡豆醉攲紅玉叶清堪掬叶桃李漫山句真成粗俗叶　遥夜幾番相屬叶暗魂飛逐叶深斟酒豆低唱新聲句密傳意豆解回嬌目叶知誰福叶得似風流句可伊心曲叶

首句即起韻，前後兩第七句皆叶韻。「斟」字，《汲古》作「酌」。

又一體六十八字　一名仙源拾翠　　晏幾道

楚鄉春晚句似入仙源韻拾翠處豆閑隨流水句踏青路豆暗惹香塵叶心心在豆柳外青簾句花下朱門叶　對景且醉芳尊叶莫話銷魂叶好意思豆曾同明月句愁滋味豆最是黄昏叶相思處豆一紙紅箋句無限啼痕叶

此用平韻，因有「仙源拾翠」字，故一名《仙源拾翠》。

《詞律》云：此詞用十三元韻，「源」字起韻，不知此字入詞不協，今人皆知分用，不宜效。「似」、「踏」、「暗」、「且」、「莫」、「最」、「一」可平。「愁」、「滋」可仄。「思」去聲。

又一體六十八字　　黄庭堅

一笑千金韻越樣情深叶曾共結豆合歡羅帶句終須效豆比翼文禽叶許多時豆靈利惺惺句驀地昏沉叶　自從官不容針叶直至而今叶你共人豆女邊着子句争知我豆門裡挑心叶記攜手豆小院回廊句月影花陰叶

首句即起韻，與前異。「時」字、「人」字用平。此調三字句，平仄原可不拘。「住」字究不宜用平，通體閉口韻甚嚴。

又一體七十二字　　杜安世

巍巍劍外句寒霜覆林枝韻望衰柳豆尚色依依叶暮天静豆雁陣高飛叶入碧雲際句江山秋色句遣客心悲叶　蜀道巇嶮行遲叶瞻京都迢遞換叶聽巴峽豆數聲猿啼平叶惟獨個豆未有歸計仄叶謾空悵望句每每無言句獨對斜暉平叶

兩次句五字，五句四字，各多一字。「依」字、「啼」字叶韻，「遞」字、「計」字以仄叶平，此平仄通叶體。

看花回 六十八字

玉墄金階舞舜干韻朝野多歡叶九衢三市風光麗句正萬家急管繁弦叶鳳樓臨綺陌句佳氣非烟叶雅俗熙熙物態妍叶忍負芳年叶笑筵歌席連昏晝句任旗亭豆斗酒十千叶賞心何處好句唯有尊前叶

琴曲調名。本集屬大石調，《中原音韻》汪越調。

此與黄庭堅《看花回》不同，故分列。「十」作平聲。

「萬家」上宋本、《汲古》、《詞律》俱缺「正」字。《汲古》缺一「熙」字，「晝」字作「盡」，「任」字作「在」。「昏」字，一作「宵」，今據《詞譜》訂正。「忍負」二字，宋本作「忍辜負」，與後闋不合。

又一體 六十七字

屈指勞生百歲期韻榮瘁相隨叶利牽名役逡巡過句奈兩輪豆玉走金飛叶紅顔成白髮句極品何爲叶　塵事常多雅會稀叶忍不開眉叶畫堂歌管深深處句難忘酒盞花枝叶醉鄉風景好句攜手同歸叶

本集亦屬大石調。

後段第四句六字，比前少一字。「役」字，《汲古》作「惹」，誤。「髮」字作「首」。

金蕉葉 六十二字

厭厭夜飲平陽第韻添銀燭豆旋呼佳麗叶巧笑難禁句艷歌無間聲相繼叶準擬幕天席地叶　金蕉葉泛金波齊叶未更闌豆已盡狂醉叶就中有個風流句暗向燈光底叶惱遍兩行珠翠叶

本集屬大石調，《高拭詞》注越調，《九宮大成》入南詞越調引，又入北詞越角隻曲。李適之酒器有九品，其五曰金蕉葉。後起有「金蕉葉」句，取以立名。前後段同，「巧笑」以下與「就中」以下，句豆微異，實則一氣也。「齊」字，《汲古》、《詞律》作「霽」，「齊」去聲，見《周禮》。「就」字，《汲古》作「袖」，今從宋本。「旋」、「間」去聲。

又一體 四十八字

袁去華

江風半赤韻雨初晴豆雁空紺碧叶愛籬落豆黃花秀色叶帶零露旋摘叶　向晚西風淡日叶髮蕭蕭豆任從帽側叶更莫把豆茱萸嘆惜叶且笑持大白叶

此與柳作不同，或是近拍體。

「半」、「雁」、「紺」、「秀」、「旋」、「淡」、「任」、「帽」、「嘆」、「大」等字，皆去聲，勿誤。兩結是一領四字句法。

又一體 四十六字

秋夜不寐　　蔣捷

雲褰翠幕韻滿天星豆碎珠迸索叶孤蟾闌外照我句看看過轉角叶　酒醒寒砧正作叶待眠來豆夢魂怕惡叶枕屏那更畫了句平沙斷雁落叶

一本原注：一名《定風波令》，此與《定風波》不同。《汲古》並未注，是誤刻。

前後兩三句六字，比袁作各少一字，且不叶韻，兩結句法亦異。「外照我」、「更畫了」，俱用去去上。「翠」、「碎」、「迸」、「正」、「夢」、「怕」、「更」、「畫」、「斷」、「雁」，俱去聲。「過轉角」、「斷雁落」俱仄仄入，較袁作更嚴謹。「看」、「那」平聲。「過」去聲。

傳花枝 百一字

平生自負句風流才調韻口兒裡道知張鄭趙叶唱新詞句改難令句總知顛倒叶解刷扮豆能哄嗽句表裡都峭叶每遇着豆飲席歌巡句人人盡道豆可惜許老了叶　閻羅大伯句曾教來道叶人生但不須煩惱叶遇良辰句當美景句追歡買笑叶剩活取百十年句只恁廝好叶若限滿豆鬼使來追句待倩個豆掩通着到叶

本集屬大石調。

此調各譜皆不載，僅見此詞，今從宋本補。
通體俳語，雖甚鄙俚，足備一格。
趙長卿《臨江仙》詞有「滿傾蕉葉，齊唱轉花枝」句，是《轉花枝》詞，宋時著名，惜未見他作。「傳」字當讀作上聲。

惜春郎 四十九字

玉肌瓊艷新妝飾韻好壯觀歌席叶潘妃寶釧句阿嬌金屋句應也消得叶　屬和新詞多俊格叶敢共我勍敵叶恨少年豆枉費疏狂句不早與伊相識叶

本集屬大石調，《九宮大成》入南詞羽調正曲。
調見宋本及《花草粹編》，他無作者。《汲古》、《詞律》未載。

法曲獻仙音 九十一字

追想秦樓心事句當年便約句于飛比翼韻每恨臨歧處句正攜手豆翻成雲雨離拆叶念倚玉偎香句前事頓輕擲叶　慣憐惜叶饒心性句正厭厭多病句柳腰花態嬌無力叶早是乍清減句別後忍教愁寂叶記取盟言句少孜煎豆剩好將息叶遇佳景豆臨風對月句事須時恁相憶叶

《宋史·樂志》法曲部小石調，陳暘《樂書》：法曲興於唐，其聲始出清商部，比正律差四律，有鐃鈸鐘磬之音，《獻仙音》其一也。聖朝法曲樂器，有琵琶、五弦箏、箜篌、笙、笛、觱篥、方響、拍板，其曲所存不過道調《望瀛》、小石《獻仙音》而已，餘皆不及見矣。本集屬小石調《九宮大成》入北詞仙呂調，許《譜》同。

歐陽修《六一詩話》云：王建有《霓裳詞》，今教坊尚存其聲，而其舞則廢不傳矣。近世有《望瀛府》、《獻仙音》二曲，乃其遺聲也。沈括《夢溪筆談》：莆中逍遥樓楣上有唐人横書梵字，相傳是《霓裳譜》。字訓不通，莫知其説。或謂今燕都有《獻仙音曲》，乃其遺聲。然《霓裳》本謂之道調曲，《獻仙音》乃小石調耳。《嘉祐雜志》：同州樂工，翻河中黄幡綽《霓裳譜》，人以爲非是，仍依法曲造成。伶人花日新見之，題其後云：法曲雖精，莫近望瀛。《碧鷄漫志》：《望瀛府》屬黄鐘宫，《獻仙音》屬小石調，了不相干。歐陽永叔知《霓裳羽衣》爲法曲，而以《望瀛府》、《獻仙音》爲法曲中遺聲，不明宫調，亦太疏矣。又云：予謂《筆談》知《獻仙音》非是，乃指爲道調法曲，則無所著見。《雜志》謂同州樂工翻黄幡綽譜，雖不載何宫調，安知非逍遥樓上楣横書耶。《詞名集解》：宋春、秋、聖節三大宴，第十七奏鼓吹，或用法曲，或用龜兹法曲部。其曲有二，一曰道調宫《望瀛》，一曰小石調《獻仙音》。樂用琵琶、箜篌、五弦、方響等器。愚按：諸説所謂《獻仙音》者，即此調也。法曲乃一部之名，宋時盛行，但非唐時《霓裳》之舊耳。其爲小石調無疑。而《望瀛府》宋詞並無其體，又不傳久矣。餘與《拂霓裳》、《婆羅門》、《霓裳中序第一》參看。《詞律》謂此詞必有錯誤，與諸家大異，不確。「每」字，《汲古》作「悔」，「拆」字作「析」，「頓」字作「慣」。「慣憐惜」三字屬上段。「孜」字，一本作「愁」，今據宋本訂正。

又一體 九十二字　一名越女鏡心　獻仙音　　周邦彦

蟬咽涼柯句燕飛塵幕句漏閣籤聲時度韻倦脱綸巾句困便湘竹句桐陰半侵庭户叶向抱影豆凝情處叶時聞打窗雨叶　耿無語叶嘆文園豆近來多病句情緒懶豆尊酒易成間阻叶縹緲玉京人句想

依然豆京兆眉嫵叶翠幕深中句對徽容豆空在紈素叶待花前月下句見了不教歸去叶

姜夔詞名《越女鏡心》，原注黄鐘商，俗名大石。周密詞名《獻仙音》。

「半」、「打」、「耿」、「近」、「易」、「兆」、「在」、「不」等字，必仄聲，勿誤。前後段起處，與前作迥異，後段第二句多一字，三句多二字，五句多一字，八句少二字。「耿無語」句，方和詞屬上段，「處」字不叶韻。觀姜作後，張作亦不叶，想是偶合，作者不叶亦可。周每因柳詞移換宫調，琢鍊字句，自成一家，集中甚多，《詞律》遂謂柳詞有誤，以後人繩前人，此不考據之過也。

「漏」、「抱」、「酒」、「間」、「翠」、「月」、「見」可平。「時」、「尊」、「依」、「空」可仄。「不」去聲。「教」平聲。

又一體九十二字

賦秋晚紅白蓮 吴文英

風拍波驚句露零秋覺句斷緑衰紅江上韻艷拂潮妝句淡凝冰靨句别翻翠池花浪叶過數點豆斜陽雨句啼綃粉痕冷句宛相向叶　指汀洲豆素雲飛過句清麝洗豆玉井曉霞珮響叶寸藕折長絲句何郎心似春風蕩叶半掬微涼句嬌蟬聲豆遠度菱唱叶伴鴛鴦秋夢句酒醒月斜輕帳叶

「冷」字不叶韻，「宛相向」三字屬上段，「何郎」句用七言詩句，餘同周作。「冷」字各家皆叶，定是訛字。「翠」、「素」、「月」、「度」必用去聲。「晚」、「粉」、「曉」、「醒」必用上聲。「春」宜仄。

又一體九十二字　　張　炎

雲隱山暉句樹分溪影句未放妝臺簾捲韻篝密籠香句鏡圓窺粉句花深自然寒淺叶正人在豆銀屏底句琵琶半遮面叶　語聲軟叶且休彈豆玉關哀怨叶怕喚起西湖句那時春感叶楊柳古灣頭句記小憐豆隔水曾見叶聽到無聲句漫贏得豆情緒難剪叶把一襟心事句散入落梅千點叶

前段「底」字不叶韻，後段次句叶。三四句，一五、一四字，與周作異，餘同。「自」、「半」、「玉」、「緒」、「入」、「落」去聲。「語」、「那」、「水」用上聲。

又一體二十七字

壽于司農　　薩都剌

鬢未銀句東風早掛冠韻侑詞圖豆鄉稱人瑞句度蓬瀛豆仙祝靈丹叶繞膝舞斕斒叶

此詞見《詞譜》，不知録自何書。《獻仙音》從無用平韻者，字句亦不合，恐是不全之作。調名或是訛寫。

法曲第二八十七字

青翼傳情句香徑偷期句自覺當初草草韻未省同衾枕句便輕許相將句平生歡笑叶怎生向豆人間

好事到頭少叶　漫悔懊叶細追思句恨從前容易句致將恩愛成煩惱叶心下事句千種盡憑音耗叶以此牽縈句等伊來豆自家向道叶洎相見豆喜歡存問句又還忘了叶

本集亦屬小石調。

此調從宋本補，各譜皆不載，是排遍之第二曲也。

宋本於「漫悔懊」分段，今從《詞譜》。「初」字，《詞譜》作「年」，「將」字作「得」，「以」字作「似」，「牽縈」二字作「縈牽」，今從宋本。惟「悔」字，宋本作「誨」，誤。

西平樂百三字

盡日憑高寓目句脈脈春情緒韻佳景清明漸近句時節輕寒乍暖句天氣纔晴又雨叶烟花淡蕩句裝點平蕪遠樹叶黯凝佇叶臺榭好句鶯燕語叶　正是和風麗日句幾許繁紅嫩緑句雅稱嬉游去叶奈阻隔豆尋芳伴侶叶秦樓鳳吹句楚館雲約句空悵望豆在何處叶寂寞韶華暗度叶可堪向晚句村落聲聲杜宇叶

本集屬小石調，《九宮大成》入南詞小石調引，許《譜》同。

《詞名集解》云：古清商曲，或加「慢」字。《古今樂録》云：倚歌也。

《汲古》於「凝佇」分段，今從宋本。「雅稱」句，《詞律》于「去」字上加□，誤。宋本本五字，朱雍有和詞，此句亦作五字，不得援晁詞以爲例也。「緑」字，《詞律》謂音慮，亦誤，朱作亦不叶也。「吹」字，朱作去聲，當讀去。其餘平仄照注如下。至「乍暖」、「又雨」、「燕語」、「伴侶」、「向晚」、「杜宇」諸去上聲，宜從，惟「又」字，朱作「如」字，用平，異誤。「館」字，《汲古》作「管」，《詞律》作「臺」，「華」字，《汲古》作「光」，據宋本改正。「寓」字，宋本缺，是脱誤。「烟花」二字，《詞譜》作「烟光」，「堪」字作「憐」。「脈」、「又」、「榭」、「幾」、「阻」、「可」可平。「春」可仄。「稱」、「吹」去聲。

又一體百三字

廣陵送王資政止仲赴闕　晁補之

鳳詔傳來絳闕句當寧思賢輔韻淮海甘棠惠化句霖雨商巖吉夢句熊虎周郊舊卜叶千秋盛際句催促朝天歸去叶動離緒叶　空眷戀句難暫駐叶新植雙亭臨水句風月佳名未睹叶準擬金尊時舉叶況樂府豆風流一部叶妍歌妙舞句縈雲回雪句親教與豆恨難訴叶爭欲攀轅借住叶功成綉袞句重與江山作主叶

「風月」句六字，「睹」字叶韻，與前異。「卜」字是去聲，借叶。「離」宜去聲。「夢」、「緒」、「部」宜上聲。「卜」、「吉」、「一」、「作」去聲。

又一體百三十八字　周邦彦

元豐初，予以布衣西上過天長道中。後四十餘年，辛丑正月二十六日避賊復游故地。感嘆歲月，偶成此詞。

稚柳蘇晴句故溪渴雨句川回未覺春賒韻駝褐寒侵句正憐初日句輕陰抵死須遮叶嘆事逐孤鴻去盡句身與蒲塘共晚句爭知向此征途句區區佇立塵沙叶追念朱顏翠髮句曾到處豆故地使人嗟叶　道連三楚句天低四野句喬木依前句臨路欹斜叶重慕想豆東陵晦迹句彭澤歸來句左右琴書自樂句松菊相依句何況風流鬢未華叶多謝故人句親馳鄭驛句時倒融尊句勸此淹留句共過芳時句翻令倦客思家叶

一名《西平樂慢》。此用平韻，與前作迥異。據後吴作當于「塵沙」句分段，但後段只三韻，總少一韻。或「樂」字是以仄叶平，然方和詞亦不叶，在宋時已傳訛矣，未敢擅斷。

「柳」字，葉《譜》作「緑」，「寒侵」作「侵寒」，「前」字作「然」。「爭知」句，方和詞只四字，或「區區」二字當衍誤。

又一體百三十五字

春感重過西湖先賢堂　　吴文英

岸壓郵亭句路欹華表句堤樹舊色依依韻紅索新晴句翠陰寒食句天涯倦客重歸叶嘆緑草平烟帶苑句幽渚塵香蕩晚句當時燕子無言句對立斜暉叶　追念吟風賞月句十載事豆夢惹緑楊絲叶畫船爲市句天妝艷水句日落雲沉句人換春移叶誰更與豆苔根澆石句菊井招魂句謾省連車載酒句立馬臨花句猶認蔫紅傍路枝叶歌斷燕闌句榮華露草句冷落山丘句到此徘徊句細雨西城句羊曇

醉後花飛叶

「當時」二句，一六、一四字，比周作少二字，分段亦不同。「嘆緑平」句六字，「平烟」上當脱一「草」字。

秋蕊香引 六十字

留不得韻光陰催促句有芳蘭歇句好花謝句惟頃刻叶彩雲易散琉璃脆句驗前事端的叶　風月夜句幾度前蹤舊迹叶忍思憶叶這回望斷句永作蓬山隔叶向仙島句歸雲路句兩無消息叶

本集注小石調，《九宫大成》入南詞高大石調正曲。

此與《秋蕊香》小令及《秋蕊香近》皆不同，故另列。

「有」字，《汲古》作「奈」，「蓬山」二字作「終天」，誤，一作「天涯」。「雲」字作「宴」，一作「冥」。「謝」字，葉《譜》不斷句。「路」、「雨」二字，《汲古》倒，今從宋本。

定風波 百五字

佇立長堤句淡蕩晚風起韻驟雨歇豆極目蕭條句塞柳萬株句掩映箭波千里叶走舟車向此句人人奔名競利叶念蕩子豆終日驅馳句争覺鄉關轉迢遞叶　何意叶綉閣輕抛句錦字難逢句等閑度歲叶奈汎汎旅迹句厭厭病緒句近來諳盡句宦游滋味叶此情懷豆縱寫香箋句憑誰與寄叶算孟光豆

爭得知我句繼日添憔悴叶

本集屬雙調，《唐書·樂志》：雙調爲夾鐘之商聲。

此與《定風波》小令迥異，當分列。

「塞」字，據宋本補，「何意」二字，《汲古》屬上段，誤。「爭覺」二字，葉《譜》作「怎覺」，「爭得」二字作「安得」。

「厭」平聲。

又一體百字

自春來豆慘緑愁紅句芳心是事可可韻日上花梢句鶯穿柳帶句猶壓香衾卧叶暖酥銷句膩雲嚲叶終日厭厭倦梳裹叶無那叶恨薄情一去句音書無個叶　早知恁般麼叶悔當初豆不把雕鞍鎖叶向雞窗只與句蠻箋象管句拘束教吟課叶鎮相隨句莫拋躲叶針綫閑拈伴伊坐叶和我叶免使年少句光陰虛過叶

本集屬林鐘商。

此與前作迥異，又一體也。「課」字，《汲古》、《詞律》俱作「詠」，一作「和」，此字應叶韻，據宋本改正。「麼」字去聲。《詞律》云：後起句應從柳作，「免使」句應從張作。愚按：詞體各有一格，從柳從張作者擇定，慎勿作騎牆之見，餘仿此。「躲」字，《汲古》作「朵」，「年少」二字作「少年」，亦從宋本訂正。「般」字，宋本缺。

又一體百字

無名氏

漏新春消息句前村數枝句楚梅輕綻韻□雪艷精神句冰膚淡濘句姑射依稀見叶冷香凝句金蕊淺叶青女饒伊妬無限叶堪羡叶似壽陽妝閣句初匀粉面叶　纖條緑染叶異群葩豆不似和風扇叶向深冬句免使游蜂舞蝶句撩撥春心亂叶水亭邊句山驛畔叶立馬行人暗腸斷叶吟戀叶又忍隨羌管句飄零千片叶

見《梅苑》。前起一五、兩四字，後段三、四句，一三、一六字，此破句也。惟换頭句四字少一字，結處多一字，與柳異，餘同第二體。「雪艷」上原空一格。

又一體九十九字

張翥

西江客舍，酒後聞梅花吹香滿窗，醒而賦此。

恨行雲豆特地高寒句牢籠好夢不定韻婉娩年華句淒涼客況句泥酒渾成病叶畫闌深句碧窗靜叶一樹瑶花可憐影叶低映叶怕月明照見句青禽相並叶　素衾正冷叶又寒香豆枕上醺愁醒叶甚銀牀霜凍句山童未起句誰汲牆陰井叶玉生殘句錦書迴叶應是多情道薄倖叶争肯叶等閑孤負句西湖春興叶

原注商角調。

此與柳第二首同，只後起句四字，比柳少一字，與《梅苑》同。「等閑」句平仄異。「瑶」字，一本作「瓊」。「寒香」二字，一作「春光」。

雨零鈴百二字

秋別

寒蟬淒切韻對長亭晚句驟雨初歇叶都門帳飲無緒句留戀處豆蘭舟催發叶執手相看淚眼句竟無語凝噎叶念去去豆千里烟波句暮靄沉沉楚天闊叶　多情自古傷離別叶更那堪豆冷落清秋節叶今宵酒醒何處句楊柳岸豆曉風殘月叶此去經年句應是良辰好景虛設叶便縱有豆千種風情句更與何人説叶

唐教坊大曲名。唐樂府商調曲，本集屬雙調。

「零」字，《樂府雅詞》作「淋」，或作「霖」。

《太真外傳》云：明皇幸蜀，南入斜谷口。屬霖雨涉旬，於棧道雨中聞鈴聲，隔山相應。上既悼念貴妃，因采其聲爲製《雨霖鈴》曲，以寄恨焉。《明皇雜録》云：時梨園善觱篥工張徽從，至蜀，以其曲授之，後入法部。《樂府雜録》云：樂人張野狐製。

「執手」下二句，《詞律》於「看」字句，當從《圖譜》。王庭珪一首同，此詞膾炙人口久矣。《詞律》不取，反録黄裳作，不知其另一體也。「長亭」二字相連，「竟無語」句是一領四字句，「應是」下是八字句，王、黄兩作同，勿忽。「留

「戀」上，《汲古》多「方」字，據王作當有一字，「縱」字作「總」，據宋本改。「雨」、「飲」、「淚」、「去」、「那」、「景」可平。「無」、「多」、「楊」可仄。

又一體 百三字

王安石

孜孜矻矻韻向無明裡句強作窠窟句浮名浮利何濟句堪留戀處句輪回倉猝叶幸有明空妙覺句可彈指超出叶緣底事豆抛了金潮句認一浮漚作瀛渤叶　本源自豆性天真佛叶祇些些豆妄想中埋沒叶貪他眼花陽艷句誰信道豆本來無物叶一旦茫然句終被閻羅老子相屈叶便縱有豆千種機籌句怎免伊唐突叶

此調舊説皆以爲始于柳永，而《樂府雅詞》所載王詞與柳同時，或因柳詞傳播甚盛，故屬之耳，今並録以俟考。此與柳字字相同，惟前段第五句少一字，後起句作上三下四字，差異。「矻」、「作」、「本」可平。「浮」、「緣」、「花」可仄。「此」平聲。

又一體 百三字

黄裳

天南游客韻甚而今豆卻送君南國叶西風萬里無限句吟蟬暗續句離情如織叶秣馬脂車句去即去豆多少人惜叶望百里豆烟慘雲山句送兩程豆愁作行色叶　飛帆過豆浙西封域叶到秋深豆且艤荷

花澤叶就船買得鱸鱖句新穀破豆雪堆香粒叶此興誰同句須記東秦有客相憶叶願聽了豆一闋歌聲句醉倒拚今日叶

次句宜於「今」字豆，第六、七句，一四、一七字，前結及後起皆一三、一四字句，與柳作異，《詞律》所注，誤。

又一體百一字

杜龍沙

窗影瓏璁句畫樓平曉句翳柳啼鴉韻門巷漸有新烟句東風定豆人掃桐花叶峭寒斗減句看旅雁豆爭起蒹葭叶溯斷雲句多少悲鳴句數行又下遠汀沙叶　應是故園桃李謝換仄叶送清江豆一曲闌干下仄叶染翰爲賦春羈句嗟雙鬢豆客舍成華平叶綉鞭綺陌句強攜酒豆來覓吴娃平叶聽扇底豆悽惋新聲句醉裡翻念家平叶

見《陽春白雪》。杜龍沙，未詳何名。

此用平韻，後段起二句用仄聲叶，與周邦彦《渡江雲》體格同。前段起句不用韻，第五句三字，七句四字，八句七字，與黄作同。後段六句七字，與各家不同。「鞭」字，《詞譜》作「鞍」，「酒」字作「手」。

尉遲杯百五字

寵嘉麗韻算九衢紅粉皆難比叶天然嫩臉修蛾句不假施朱描翠叶盈盈秋水叶恣雅態豆欲語先嬌

媚叶每相逢豆月夕花朝句自有憐才深意叶　綢繆鳳枕鴛被叶深深處豆瓊枝玉樹相倚叶困極歡餘句芙蓉帳暖句別是惱人情味叶風流事豆難逢雙美叶況已斷香雲爲盟誓叶且相將豆共樂平生句未肯輕分連理叶

本集屬雙調，《詞名續解》云：大石調曲。

調名不知命意。《詞品》所載，本諸小説，不足爲據。

宋本於「相倚」句分段，照各家詞，宜從《汲古》。

「共樂」二字，《詞譜》作「意」，《汲古》作「盡」，少一字，今從宋本。

又一體 百五字　　賀鑄

勝游地韻信東吴絕景饒佳麗叶平湖底見層嵐句涼月下聞清吹叶人如穠李叶泛衿袂豆香潤蘋風起叶喜凌波豆素襪逢迎句領略當歌深意叶　鄂君被叶雙鴛綺叶垂楊蔭豆夷猶畫舲相檥叶寶瑟弦調句明珠佩委句回首碧雲千里叶歸鴻後豆芳音如寄叶念懷繫青鬢今無幾叶枉分將豆鏡裡華年句付與樓前流水叶

換頭兩句各三字，皆叶韻，「鏡裡」句亦四字。

又一體百五字

離別　　周邦彦

隋堤路韻漸日晚豆密靄生深樹叶陰陰淡月籠沙句還宿河橋深處叶無情畫舸句都不管豆烟波隔前浦叶等行人豆醉擁重衾句載將離恨歸去叶　因思舊客京華句長偎傍豆疏林小檻歡聚叶冶葉倡條俱相識句仍慣見豆珠歌翠舞叶如今向豆漁村水驛句夜如歲句焚香獨自語叶有何人豆念我無聊句夢魂凝想鴛侶叶

前結句平仄異，前後第五句，换頭句六字，皆不叶韻。後段四、五句各七字、破句法也，與柳、賀俱不同。「深」字一作「芳」，「思」字一作「念」，誤。「晚」、「密」可平。

又一體百六字

蔡松年

紫雲暖韻恨翠雛珠樹雙棲晚叶小花静院相逢句的的風流心眼叶紅潮照玉盌叶午香重豆草緑宫羅淡叶喜銀屏小語句私分麝月句春心一點叶　華年共有好願叶何時定豆妝鬟暮雨零亂叶夢似花飛句人歸月冷句一夜小山幽怨叶劉郎興豆尋常不淺叶况不似豆桃花春溪遠叶覺情隨豆曉馬東風句病酒餘香相半叶

前段第五句五字，比柳、賀兩作多一字。前結一五兩四字，亦異。「幽」字一作「新」。

又一體百五字

無名氏

歲云暮韻嘆光陰苒苒能幾許叶江梅尚怯餘寒句長安信音猶阻叶春風無據叶憑闌久豆欲去還凝佇叶憶溪邊豆月下徘徊句暗香疏影庭户叶　朝來凍解霜消句南枝上豆香英數點微露叶把酒看花句無言有淚句還是那時情緒叶花依舊豆辰妝何處叶漫贏得豆花前愁千縷叶儘高樓豆畫角頻吹句任教紛紛飛絮叶

見《梅苑》。與賀作同，只換頭句不叶韻。

又一體百六字

亳社作惜花

晁補之

去年時韻正愁絕豆過卻紅杏飛叶沉吟杏子青時叶追悔負好花枝叶今年又春到句傍小闌豆日日數花期叶花有信豆人卻無憑句故教芳意遲遲叶　及至待得融怡叶未攀條拈蕊句又嘆春歸叶怎得春如天不老句更教花與月相隨叶都將命豆拚與酬花句似峴山豆落日客猶迷叶儘歸路豆拍

手攔街句笑人沉醉如泥叶

此用平韻。前段第五句五字，比柳作多一字，與蔡作合，但不叶韻。後段二、三句，一五、一四字，可不拘，四、五句各七字，「酬花」，花字不叶，與周作同。「青時」二字，葉《譜》作「青青」，「又春」二字作「春又」。

征部樂百三字

雅歡幽會句良夜可惜虛抛擲韻每追念豆狂踪舊迹叶長祇恁豆愁悶朝夕叶憑誰去豆花街覓叶細說與豆此中端的叶道向我豆轉覺厭厭句役夢勞魂苦相憶叶　須知最有句風前月下句心事始終難得叶但願我豆重重心下句把人看待句長似初相識叶況漸漸豆逢春色叶便是有豆舉場消息叶待這回豆好好憐伊句更不輕離拆叶

本集屬雙調。

此調無他作者，平仄不可臆注。「役夢勞魂」四字，《詞律》作「夢役魂勞」，「追念」上少「每」字，「況」字下少「漸漸」二字，「重重」二字作「蟲蟲」，末句缺「輕」字，據宋本訂正。「夜」字，宋本作「辰」。「細說與」三字，缺「與」字，照後段當從《汲古》本。「厭」平聲。

幔捲紬百十字

閑窗燭暗句孤幃夜永句欹枕難成寐韻細屈指尋思句舊事前歡都來句未盡平生深意叶到得如

今句萬般追悔句空只添憔悴叶對好景良宵句皺着眉兒句成甚滋味叶　紅茵翠被叶當時事豆一一堪垂淚叶怎生得依前句似恁偎香倚暖句抱着日高猶睡叶算得伊家句也應隨分句煩惱心兒裡叶又争似從前句淡淡相看句免恁縈繫叶

本集屬雙調。

「幔」字，《汲古》作「慢」，誤。《詞律》云：題名《捲紬》，無義理，「紬」字恐是「袖」字之訛。愚按：「幔」字是幃幔之幔，紬幔何無義理，且「紬」字是俗寫，應作「綢」，何得妄改「袖字」？豈能將幃幔捲在袖上耶？改得反無義理。「都來」二字平，與後段異。所謂舊事前歡都上心頭耳，並非有誤，《詞律》所論亦謬。「當時」下，《汲古》缺「事」字，據李詞亦作三字，今從宋本。「宵」字，宋本作「辰」，「縈」字作「牽」。「應」、「看」平聲。

又一體百十一字

李甲

絕羽沉鱗句埋香葬玉句杳杳悲前事韻對一盞寒燈句數點流螢句悄悄畫屏句巫山十二叶薜臉星眸句蕙情蘭性句一旦成流水叶便縱有豆甘泉妙手句鴻都方士何濟叶　香閨寶砌叶臨妝處豆迤邐苔痕翠叶更不忍看伊句綉殘鴛履叶而今尚有句啼痕粉漬叶好夢不來句斷雲飛去句黯黯情無際叶漫飲盡香醪句奈向愁腸句消遣無計叶

前段第五、六、七句各四字，十一、十二、十三句，一三、一四、一六字。後段四、五、六句亦四字句，與柳異，皆破句也。

采蓮令九十一字

月華收豆雲淡霜天曙韻西征客豆此時情苦叶翠娥執手句送臨歧豆軋軋開朱户叶千嬌面豆盈盈佇立句無言有淚句斷腸爭忍回顧叶　一葉蘭舟句便恁急槳凌波去叶貪行色豆豈知離緒叶萬般方寸句但飲恨豆脈脈同誰語叶更回首豆重城不見句寒江天外句隱隱兩三烟樹叶

本集屬雙調。

《宋史·樂志》曲宴游幸，教坊所奏十八調曲，九曰《雙調采蓮》。此與《采蓮子》不同，他無作者，平仄無可擬議。《汲古》不分段。「情」字，《汲古》、《詞律》作「清」，「面」字作「血」，皆誤，據宋本訂正。

迷仙引八十三字

纔過笄年句初綰雲鬟句便學歌舞韻席上尊前句王孫隨分相許叶算等閑句酬一笑豆便千金慵覷叶常只恐豆容易蕣華句偷換光陰虚度叶　已受君恩顧叶好與花爲主叶萬里丹霄句何妨攜手同歸去叶永棄卻豆烟花伴侣叶免教人得見句朝雲暮雨叶

本集屬雙調。

「便」字，《汲古》、《詞律》作「旦」，「蕣」字作「瞬」，「歸去」二字作「去去」，俱誤。「得見」二字作「見妾」，據宋本改。「容易蕣華」四字一作「蕣華容易」，「虚」字作「暗」，「君」字作「深」。

又一體 百二十二字

無名氏

春陰霽韻岸柳參差句裊金絲細叶畫閣晝眠鶯喚起叶烟光媚叶燕燕雙高句引愁人如醉叶慵緩步句眉斂金鋪倚叶佳景易失句懊惱韶光改句花空委叶忍厭厭地叶施朱粉句臨鸞鏡句膩香消減摧桃李叶　獨自個凝睇叶暮雲暗句遥山翠叶天色無情句四遠低垂淡如水叶離恨託句征雁寄叶旋嬌波句暗落相思淚叶妝如洗叶向高樓句日日春風裡叶悔憑闌句芳草人千里叶

此調見《古今詞話》，與柳作句法大不相同，柳作或有脱誤，抑此詞句法與《迷神引》亦不全合，姑列俟考。「厭」平聲。「旋」去聲。

婆羅門令 八十六字

昨宵裡豆恁和衣睡韻今宵裡豆又恁和衣睡叶小飲歸來句初更過豆醺醺醉叶中夜後豆何事還驚起叶　霜天冷句風細細叶觸疏窗豆閃閃燈摇曳叶空牀輾轉重追想句雲雨夢豆任攲枕難繼叶寸心萬緒句咫尺千里叶好景良天句彼此空有相憐意叶未有相憐計叶

《羯鼓録》屬太簇商調。本集屬雙調。《唐書》云：開元中，西涼府節度楊敬述進，天寶十三載改爲《霓裳羽衣》。愚按：《婆羅門引》屬黄鐘商，與此宫調不同，故分列。餘詳《婆羅門引》下。

《汲古》於「摇曳」句分段，今從宋本。「細細」二字，宋本少一「細」字，「任」字作「如」。「重追」二字，葉《譜》作「追思」。

佳人醉七十一字

暮景蕭蕭雨霽韻雲淡天高風細叶正月華如水叶金波銀漢句瀲灧無際叶冷浸書幃句夢斷卻豆披衣重起叶　臨軒砌叶素光遥指叶因念翠娥句杳隔音塵何處句相望同千里叶儘凝睇叶厭厭無寐叶漸曉雕闌獨倚叶

本集屬雙調。

「臨軒砌」與下「素光遥指」一氣，應是换頭句，《汲古》、《詞律》誤屬上段。「浸」字作「侵」，「娥」字作「眉」，又「落香」隔二字，「闌」字作「檻」，均誤。據宋本訂正。

詞繫卷十

宋

駐馬聽九十四字

柳永

鳳枕鴛幃韻一二三載豆如魚似水相知叶良天好景句深憐多愛句無非盡意依隨叶奈何伊叶恣性靈豆忒嗽些兒叶無事孜煎句萬回千度句怎忍分離叶　而今漸行漸遠句漸覺雖悔難追叶謾恁寄消傳息句終久奚爲叶也擬重論繾綣句爭奈翻覆思維叶縱再會豆祇恐恩情句難似當時叶

本集屬林鐘商，《九宮大成》入南詞中吕宮集曲，與本宮引四十三字者不同。愚按：林鐘商即俗名歇指調。「忒」字，《汲古》、《詞律》作「撻」，「忍」字作「免」，「行」字作「疏」，又缺「傳」字、「祇」字，均誤，今據宋本訂正。「鴛」字，宋本作「鸞」。

陽臺路九十七字

楚天晚韻墜冷楓敗葉句疏紅零亂叶冒征塵豆匹馬驅驅句愁見水遥山遠叶追念少年時句正恁鳳

幃句倚香偎暖叶嬉游慣叶又豈知豆前歡雲雨分散叶　此際空勞回首句望帝里豆難收淚眼叶暮烟衰草句算暗鎖豆路歧無限叶今宵又豆依前寄宿句甚處葦村山館叶寒燈半豆夜厭厭句憑何消遣叶

本集屬林鐘商。

此調無他作可證，平仄悉宜遵之。「楓」字，《汲古》、《詞律》作「風」，「驅驅」二字作「區區」，「少年時」作「平時」，皆誤。「帝里」二字作「京洛」，「畔」字作「半」，「淚」字，葉《譜》作「望」，「算」字作「但」，據宋本訂正。「厭」平聲。

醉蓬萊九十七字　或加慢字　一名雪月交光　冰玉風月

慶老人星見

漸亭皋葉下句隴首雲飛句素秋新霽韻華闕中天句瑣葱葱佳氣叶嫩菊黃深句拒霜紅淺句近寶階香砌叶玉宇無塵句金莖有露句碧天如水叶　正值昇平句萬幾多暇句夜色澄鮮句漏聲迢遞叶南極星中句有老人呈瑞叶此際宸游句鳳輦何處句度管弦清脆叶太液波翻句披香簾捲句月明風細叶

本集屬林鐘商。

劉一止詞名《雪月交光》，韓淲詞有「玉作山前，冰爲水際」句，名《冰玉風月》。

王闢之《澠水燕談録》：柳三變，景祐末登進士，精樂章，後更名永，皇祐選調入內。會教坊進新曲《醉蓬萊》，時司天臺奏老人星見。耆卿應製，方冀進用，欣然走筆，詞名《醉蓬萊慢》。比進呈，上見首有「漸」字，色若不悅。讀至「宸游鳳輦何處」，乃與御製真宗挽詞暗合，上慘然。又讀至「太液波翻」，曰：「何不言波澄？」乃擲之于地。永自此

不復進用。（節録）

宋人多從此體，凡五字句者五，皆一領四字句法，不可上二下三，作五言詩句。《詞律》所注領字必去聲，凡領字皆去聲字，可不必注。而《圖譜》所注可平，更誤。本譜皆以他詞比較，其不可從者不注。「葉」、「隴」、「嫩」、「碧」、「正」、「老」、「液」、「月」可平。「華」、「葱」、「翻」、「簾」可仄。「輦」作平聲。

又一體九十七字

重九上君猷　　蘇軾

笑勞生一夢句羈旅三年句又還重九韻華髮蕭蕭句對荒園搔首叶賴有多情句好飲無事句似古人賢守叶歲歲登高句年年落帽句物華依舊叶　此會應須爛醉句仍把紫菊茱萸句細看重嗅叶搖落霜風句有手栽雙柳叶來歲今朝句爲我西顧句酹羽觴江口叶會與州人句飲公遺愛句一江醇酎叶

後起三句，兩六、一四字，與柳作異。「飲」、「我」作平。

又一體九十六字

上南安太守　　盧炳

正春回紫陌句瑞靄飛浮句暖風輕扇韻皓月初圓句覺嚴城寒淺叶彩結鰲山句紗籠銀燭句與花争

艷叶午夜融和句紅蓮萬頃句一齊開遍叶　訟簡民熙句使君行樂句簇擁朱輪句旌旗輝煥叶鼎沸笙歌句遏行雲不散叶咫尺泥封句促朝天陛句侍玉皇香案叶來歲元宵句龍燈影裡句金杯宣勸叶

「與花爭艷」句四字，比柳、蘇兩作少一字，此句宜五字，恐脱誤，後起與柳同。

又一體九十八字

送湯　王千秋

正歌塵驚夜句鬥乳回甘句暫醒還醉韻再煮銀瓶句試長松風味叶玉手磨香句鏤檀舞句在壽星光裡叶翠袖微揎句冰甆對捧句神仙標致叶　記得拈時句吉祥曾許句一飲須教句百年千歲叶況有陰功在句遍江東桃李叶紫府春長句鳳池天近句看提攜雲耳叶積善堂前句年年笑語句玉簪珠履叶

「鏤檀」句三字，當脱一字。「況有」句五字，比各家多一字。

又一體九十七字

會稽蓬萊閣懷古　奚淢

又扁舟東下句水樹青圓句雨榴紅薄韻燕子愁多句在重重簾幕叶杖屨山陰句而今休更句問月尖

眉約叶雙杏盟寒句七香珠墜句歌塵飄泊叶　莫倚危闌句怨深黄竹句一鶴歸來句亂峰飛落叶笑色淩波句任霧抽烟邈叶飄渺生香地冷句湘水外豆片雲如削叶昨夜離人句游仙夢遠句天風吹覺叶

後段第七、八、九句，一六、一三、一四字，與各家異。柳詞亦可如此讀，然各譜句豆如是，姑仍之。

雪月交光九十七字

劉一止

正五雲飛仗句縞練纖裳句亂空交舞韻拂石歸來句向玉階微步叶欲唤冰娥句暫憑風使句爲掃氛驅霧叶漸見停輪句人間未識句高空真侶叶　千里無塵句地連天迥句倦客西來句路迷江樹叶故國烟深句想溪橋何處叶雲鬟分行句翠眉縈曲句對夜寒尊俎叶清影徘徊句端應座有句風流能賦叶

此與柳作字句平仄無異，自是别名，故附列。《詞律》失收。

雙聲子百三字

晚天蕭索句斷蓬踪迹句乘興蘭棹東游韻三吴風景句姑蘇臺榭句牢落暮靄初收叶嘆夫差舊國句香徑没豆徒有荒丘叶繁華處豆悄無睹句惟聞麋鹿呦呦叶　想當年豆空運籌決戰句圖王取霸無休叶江山如畫句雲濤烟浪句翻輸范蠡扁舟叶驗前經舊史句嗟謾載豆當日風流叶斜陽暮草茫

茫句盡成萬古遺愁叶

本集屬林鐘商。《九宫大成》入南詞越調正曲，與南詞黄鐘宫正曲不同。

此隋唐時曲也，他無作者。與《雙韻子》無涉。

宋本、《汲古》，俱缺「嘆」字。《詞律》疑「夫差」上、「睹」字下，俱有缺字，今據《歷代詩餘》本增。《圖譜》於「籌」字句注叶，大誤，宜從《詞律》。「舊」字一本作「後」。

内家嬌百六字

煦景朝升句烟光晝斂句疏雨夜來新霽韻垂楊艷杏句絲軟霞輕句綉出芳郊明媚叶處處踏青鬥草句人人偎紅倚翠叶奈少年豆自有新愁舊恨句消遣無計叶　帝里叶風光當此際叶正好恁攜佳麗叶阻歸程迢遞叶奈何好景難留句舊歡頓棄叶早是傷春情緒句那堪困人天氣叶但贏得豆獨立高原句斷魂一晌凝睇叶

本集屬林鐘商。

此《内家嬌》正調，與《風流子》别名不同，僅見此詞。《詞律》失收，想因别名不收，未及細考耳。「遣」、「晌」二字仄聲，勿誤，餘亦當謹守。「晝」字，《汲古》作「圓」，一本作「盡」，誤。「何」字，宋本無，《汲古》作「向」，「頓」字作「頻」，又缺「獨」字。「魂」字作「腸」，誤，今從宋本。「媚」字，宋本作「煦」。

拋球樂百八十八字

曉來天氣濃淡句微雨輕灑韻近清明豆風絮巷陌句烟草池塘句盡堪圖畫叶艷杏暖豆妝臉匀開句弱柳困豆宮腰低亞叶是處麗質盈盈句巧笑嬉嬉句争簇鞦韆架叶戲彩球羅綬句金鷄芥羽句少年馳騁句芳郊緑野叶占斷五陵游句奏脆管繁弦聲和雅叶　向名園深處句争抳畫輪句競羈寶馬叶取次羅列杯盤句就芳樹豆緑陰紅影下叶舞婆娑句歌宛轉句仿佛鶯嬌燕姹叶寸珠片玉句争似此豆濃歡無價叶任他美酒十千句一斗飲竭句仍解金貂貰叶恣幕天席地句陶陶盡醉句太平且樂句唐虞景化叶須信艷陽天句看未足豆已覺鶯花謝叶對緑蟻翠蛾句怎忍輕舍叶

唐教坊曲名。本集屬林鐘商。《宋史·樂志》有夾鐘商《拋球樂》，其詞不傳。元人有黄鐘宫《拋球樂》，餘詳劉禹錫小令下。

此與《拋球樂》小令全異，故另列。

《汲古》於「寶馬」句分段，「是處」下與後段「任他」下同，只結處少四字，似宜從《汲古》，論文意當從宋本。「抳」字去聲，《汲古》作「泥」，「緑陰紅影」四字作「緑影紅陰」，「争似此」句缺「此」字，「忍」字作「生」，皆誤，今據宋本訂正。「飲」、「竭」作平。

長相思慢百三字　或無慢字

畫鼓喧街句蘭燈滿市句皎月初照嚴城韻清都絳闕夜景句風傳銀箭句露暖金莖叶巷陌縱横句過

平康款轡句緩聽歌聲叶鳳燭熒熒叶那人家豆未掩香屏叶　向羅綺叢中句認得依稀舊日句雅態輕盈叶嬌波艷冶句巧笑依然句有意相迎叶牆頭馬上句謾遲留豆難寫深誠叶又豈知豆名宦拘撿句年來減盡風情叶

本集屬林鐘商。

此與《長相思》小令不同，當另列。

宋本於「熒熒」句分段，非，宜從《汲古》。周邦彥一首與此同，只結尾一五、一四字異。後起《詞律》於「得」字斷句，誤。今照周邦彥詞讀。「暖」字，宋本作「靉」，「寫」字，葉《譜》作「賦」，「名宦」二字作「宦名」。

又一體百字

秦觀

鐵甕城高句蒜山渡闊句干雲十二層樓韻開尊待月句掩箔披風句依然燈火揚州叶綺陌南頭叶記歌名宛轉句鄉號温柔叶曲檻俯清流叶想花陰豆誰繫蘭舟叶　念淒絕秦弦句感深荊賦句相望幾許凝愁叶勤勤裁尺素句奈雙魚豆難渡瓜洲叶曉聯堪羞叶潘鬢點豆吴霜漸稠叶幸於飛句鴛鴦未老綢繆叶

前段第四、五、六句兩四、一六字，微異。十句多一字，叶韻。後段起六句，句法亦不同。結尾少四字。賀鑄、楊无咎各一首，與此韻腳同，是和韻者，平仄照注。只楊於「潘鬢」句作上四下三句法。「蒜」、「渡」、「繫」、「漸」四字，去聲，勿誤。「蒜」字，《詞匯》作「金」。「綢繆」二字，《汲古》作「不」，葉《譜》作「不應同是悲秋」六字，多五字，與柳同，今從《詞譜》。「十」、「宛」、「曲」、「鬢」可平。「淒」、「難」可仄。「望」平聲。

又一體九十九字

周邦彥

夜色澄明句天街如水句風力微冷簾旌韻幽期再偶句坐久相看句纔喜欲嘆還驚叶醉眼重醒叶映雕闌修竹句共數流螢叶細語輕輕叶儘銀臺豆掛蠟潛聽叶　自初識伊來句便惜妖嬈艷質句美盼柔情叶桃溪換世句鸞馭凌空句有願須成叶游絲蕩絮句任輕狂豆相逐牽縈叶但連環不解句難負深盟叶

此與柳詞同，只前段四、五、六句，句法異。結尾一五、一四字，比柳作少四字，與秦同，平仄亦異。

又一體百四字

袁去華

葉舞殷紅句水搖瘦碧句隱約天際帆歸韻寒鴉影裡句斷雁聲中句依然殘照輝輝叶立馬看梅叶試尋香嚼蕊句醉折繁枝叶山翠掃修眉叶記人人豆蹙黛愁時叶　嘆客裡豆光陰易失句霜侵短鬢句塵染征衣叶陽臺雲歸役句到如今豆重見無期叶流怨清商句空細寫豆琴心向誰叶更難將豆愁隨夢去句相思惟有天知叶

此與秦作同，只後起三句，一七、兩四字，「商」字不叶韻。結尾句法與柳作同，或秦詞有脫落也。「水」上聲。「瘦」、「黛」、「向」去聲，勿誤。

又一體百四字

客中　　劉壎

露隔平林句風欺敗褐句十分秋滿黄華韻荒庭人静句聲慘寒蛩句驚回羈思如麻叶庾信多愁句有中宵清夢句迢遞還家叶楚水繞天涯叶黯銷魂豆幾度棲鴉叶　對緑橘黄橙句故國在念句悵望歸路猶賒叶此情吟不盡句被西風豆吹入胡笳叶目極黄雲句飛度處豆臨流自嗟叶又斜陽豆征鴻影斷句夜來空信燈花叶

前段第七句不叶韻，與各家異，餘同袁作。「敗」、「度」、「自」必用去聲。

合歡帶百五字

身材兒豆早是妖嬈韻算舉措豆實難描叶一個肌膚渾似玉句更都來豆占了千嬌叶妍歌艷舞句鶯慚巧舌句柳妒纖腰叶自相逢豆便覺韓娥減價句飛燕聲銷叶　桃花零落句溪水潺湲句重尋仙逕非遥叶莫道千金酬一笑句便明珠豆萬斛須邀叶檀郎幸有句凌雲詞賦句擲果風標叶況當年豆便好相攜句鳳樓深處吹簫叶

本集屬林鐘商。

此調當是贈妓之作，想係創製。吴任臣云：物以合歡名者，合歡宫、合歡笋、合歡鞋、合歡花、合歡被、合歡帶舞名取此。

「舉」字，宋本作「風」。「艷」字一本作「妙」。

又一體百五字

杜安世

樓臺高下玲瓏韻閂芳樹豆緑陰濃叶芍藥孤棲香艷晚句見櫻桃豆萬顆初紅叶巢喧乳燕句珠簾鏤曳句滿户香風叶罩紗幃豆象牀犀枕句晝眠纔似朦朧叶　起來無語更兼慵叶念分明豆往事成空叶被你厭厭牽繫我句怪纖腰豆綉帶寬鬆叶春來早是句分飛兩處句長恨西東叶到如今豆扇移明月句簟鋪寒浪與誰同叶

首句六字，前結一三、一四、一六字，後起二句各七字，後結七字，與前異。《汲古》缺「往」字。《詞律》：「分明」二字，疑是「分手」、「分袂」之訛，不知「分明」下有「往」字，今據《歷代詩餘》本補。又云：尾句誤多「與」字，總以前後相比，未確。「犀」字，《汲古》作「屏」，誤。

應天長九十四字　或加慢字

殘蟬聲漸絕韻傍碧砌修梧句敗葉微脱叶風露淒清句正是登高時節叶東籬霜乍結叶綻金蕊豆嫩

香堪折叶聚宴處豆落帽風流句未饒前哲叶　把酒與君説叶恁好景佳辰句怎忍虛設叶休效牛山句空對江天凝咽叶塵勞無暫歇叶遇良會豆剩偷歡悅叶歌未闋叶杯興方濃句莫便中輟叶

本集注林鐘商。《九宮大成》入北詞高宮隻曲，與北詞商角隻曲不同。

此與《應天長》小令不同，自是慢曲，故分列。各家多用入聲韻。無名氏作，於「聚宴處」「處」字叶韻，宜從。前結作「一步回顧」，換頭處作「行行愁獨珍，想媚容今宵」，平仄微異，似不甚協。「漸」字，葉《譜》作「斷」。「正」、「嫩」、「聚」、「落」、「把」、「酒」、「與」、「景」、「忍」、「莫」、「便」可平。「風」、「登」、「東」、「金」、「饒」、「江」、「良」、「歌」可仄。「葉」作平聲。

又一體九十四字

自潁上縣欲還吴作　葉夢得

松陵秋已老句正柳岸田家句酒醅初熟韻鱸膾蒓羹句萬里水天相續叶扁舟波浩渺句寄一葉豆暮濤吞沃叶青蒻笠豆西塞山前句自翻新曲叶　來往未應足叶便細雨斜風句有誰拘束叶陶寫中年句何待更須絲竹叶鴟夷千古意句算入手豆比來尤速叶最好是豆千點雲峰句半篙澄緑叶

此與柳作同，惟起句及「扁舟」句、「鴟夷」句、「青蒻笠」句、「最好是」句，皆不叶韻。

又一體 九十八字

寒食　周邦彥

條風布暖句霏霧弄晴句池臺遍滿春色韻正是夜堂無月句沉沉暗寒食叶梁間燕句社前客叶似笑我豆閉門愁寂叶亂花過句隔院芸香句滿地狼藉叶　長記那回時句邂逅相逢句郊外駐油壁叶又見漢宮傳燭句飛烟五侯宅叶青青草句迷路陌叶強載酒豆細尋前迹叶市橋遠豆柳下人家句猶自相識叶

前後段起三句，與柳字數同，句法異。第四、五句上六下五字，各多一字，六、七句兩三字，亦多一字。南宋各家俱用此體。「布」、「弄」、「暗」、「閉」、「地」、「那」、「駐」、「五」、「細」、「自」等字，俱仄聲，用去更妙，「康」、「方」、「吴」、「蔣」皆同，勿誤。「臺」字，葉《譜》作「塘」，「愁」字作「岑」。「滿」、「正」、「是」、「社」、「滿」、「地」、「邂」、「又」、「載」、「柳」可平。「條」、「無」、「前」、「長」、「時」、「青」、「猶」可仄。

又一體 九十八字　康與之

管弦綉陌句燈火畫橋句塵香舊時歸路韻腸斷蕭娘句舊日風簾映朱户叶鶯能舞句花解語叶念後約豆頓成輕負叶緩雕轡豆獨自歸來句憑闌情緒叶　楚岫在何處叶香夢悠悠句花月更誰主叶惆悵後期句空有鱗鴻寄紈素叶枕前淚句窗外雨叶翠幕冷豆夜涼虛度叶未應信豆此度相思句寸腸千縷叶

與周作同，惟前後段第四、五句，一四、一七字，「舞」字偶合，非叶。兩結平仄與各家異。「綉」、「晝」、「映」、「頓」、「在」、「更」、「寄」、「夜」必用去聲。

又一體九十七字

吴門元夕　　吴文英

麗花鬥靨句清麝濺塵句春聲偏漏芳陌韻竟路障空雲幕句冰壺浸霞色叶芙蓉鏡句詞賦客叶競綉筆豆醉嫌天色叶素娥下豆小駐輕鑣句眼亂紅碧叶　前事頓非昔叶故苑年光句渾與世相隔叶向暮巷空人絕句殘燈耿塵壁叶凌波恨句簾户寂叶聽怨寫豆墮梅哀笛叶佇立久豆雨暗河橋句譙漏疏滴叶

與周作同，惟「芙蓉」句五字略異。「色」字，《汲古》原注作「窄」，宜從。「鬥」、「濺」、「浸」、「醉」、「亂」、「頓」、「世」、「墮」、「漏」必用去聲。「耿」上聲。

又一體九十七字

王沂孫

疏簾蝶粉句幽徑燕泥句花間小雨初足韻又是禁城寒食句輕舟泛晴淥叶尋芳地句來去熟叶尚彷佛豆大堤南北叶望楊柳豆一片陰陰句摇曳新緑叶　重訪艷歌人句聽取春聲句猶是杜郎曲叶蕩

漾去年春色句深深杏花屋叶東風曾共宿叶記小刻豆近窗新竹叶舊游遠豆沉醉歸來句滿院銀燭叶

「東風」句五字，比周作少一字，餘同。「蝶」、「燕」、「泛」、「大」、「曳」、「艷」、「杜」、「杏」、「近」、「院」必用去聲。

又一體 九十六字

次清真韻　　蔣捷

柳湖載酒句梅墅賒棋句東風袖裡寒色韻轉翠籠池閣句含櫻薦鶯食叶匆匆過豆春是客叶弄細雨豆晝陰生寂叶似瓊花豆滴下紅裳句再返仙籍叶　無限倚闌愁句夢斷雲簫句鵑叫度青壁叶漫有戲龍盤句盈盈住花宅叶驕驄馬豆嘶巷陌叶户半掩豆墮鞭無迹叶但追想豆白苧裁縫句燈下初識叶

前後段第四句皆五字，與周異。和詞往往增減一、二字，想因襯字不拘。「賒」字用平。「載」、「薦」、「晝」、「返」、「度」、「住」、「墮」、「下」必用去聲。「倚」用上聲。

宣清 百十五字

殘月朦朧句小宴闌珊句歸來輕寒凜凜韻背銀缸豆孤館乍眠句擁重衾豆醉魂猶噤叶永漏頻傳句前歡已去句離愁一枕叶暗尋思句舊追游句神京風物如錦叶　念擲果朋儕句絕纓宴會句當時曾

痛飲叶命舞燕翩翩句歌珠貫串句向玳筵前句盡是神仙流品叶到更闌豆疏狂轉甚叶更相將豆鳳幃鴛寢叶玉釵橫處句任散盡高陽句這歡娛豆甚時重恁叶

本集屬林鐘商。

此調《詞律》疑有脱誤，今從宋本補録，增入「歌珠」至「相將」二十四字，改正三字，此調始全，亦快事也。「凜凜」二字，《汲古》作「森森」。「森」字上聲入二十一寢韻。《詞律》讀作平，乃謂平仄互叶，不知此詞全用閉口仄韻，填詞家侵韻獨用，尚多有之，至用侵韻之去上，往往混入他韻，不協宫調矣。「魂」字，《汲古》作「魄」，「翩翩」二字作「翻翻」。「橫處」二字作「亂橫信」三字，《花草粹編》無「信」字，今據宋本訂正。

隔簾聽七十四字

咫尺鳳衾鴛帳句欲去無因到韻蝦鬚窣地重門悄叶認綉履頻移句洞房杳杳叶強語笑叶逞如簧豆再三輕巧叶　梳妝早叶琵琶閒抱叶愛品相思調叶聲聲似把芳心告叶隔簾聽豆贏得斷腸多少叶恁煩惱叶除非共伊知道叶

唐教坊曲名。本集屬林鐘商，《九宫大成》入南詞小石調正曲，許《譜》同。

此以「隔簾聽」句立調名。「梳妝早」句，當是换頭句。「隔簾」下，《汲古》、《詞律》缺「聽」字，今據宋本改正。「衾」字，《詞譜》作「幃」，「隔簾」上多「但」字，「除非」下多「是」字。「鴛」字，一本作「鸞」。

訴衷情近七十五字

雨晴氣爽句佇立江樓望處宜叶澄明遠水生光句重疊暮山聳翠韻遥想斷橋幽徑句隱隱漁村句向晚孤烟起叶　殘陽裡叶脈脈朱闌靜倚叶黯然情緒句未飲先如醉叶愁無際叶暮雲過了句秋風老盡句故人千里叶竟日空凝睇叶

本集屬林鐘商。

與温庭筠《訴衷情》小令無涉，故另列。

「處」字宜叶韻，柳又一首亦不用韻。「想」字，宋本作「認」。「雨」、「遠」、「隱」可平。

又一體七十五字

晁補之

小園過午句便覺涼生翠柏韻戎葵間出牆紅句萱草靜依徑緑叶還是去年句浮瓜沉李追涼句故繞池邊竹叶　小筵促叶忽憶楊梅正熟叶下山南畔句畫舸笙歌逐叶愁凝目叶使君彩筆句佳人錦字句斷弦怎續叶盡日闌干曲叶

《汲古》無「近」字。

次句即起韻，前結一四、一六、一五字，與柳異。一氣貫下平仄無異，可不拘。《汲古》於「小筵促」分段，誤，今從《歷代詩餘》本。

留客住 九十七字

偶登眺韻憑小樓豆艶陽時節句乍晴天氣句是處閒花野草叶雲散遥山萬疊句漲海千重句潮平波浩渺叶烟村院落句是誰家緑樹句數聲啼鳥叶　旅情悄叶念遠信沉沉句離魂杳杳叶對景傷懷句度日無言誰表叶惆悵舊歡何處句後約難憑句看看春又老叶盈盈淚眼句望仙鄉豆隱隱斷霞殘照叶

唐教坊曲名。本集屬林鐘商。

《汲古》於「旅情悄」分段，今從宋本。「雲散」二字，原在「萬疊」下，「重」字作「里」，今從《詞律》。「野」字，《汲古》作「芳」，又缺「念」字，皆誤。今從《歷代詩餘》訂正。

又一體 九十四字

周邦彦

嗟烏兔韻正茫茫豆相催無定句只恁東生西没句平均寒暑叶乍見花紅柳緑句處處林茂借叶又睹霜前籬畔句菊散餘香句看看又還秋暮叶　忍思慮叶念古往賢愚句終歸何處叶争似高堂句日夜笙歌齊舉叶選甚連宵徹晝句再三留住叶待擬沉醉扶上馬句怎生向豆主人未肯教去叶

前段與前作略同，只「又睹」句多一字，「看看」句少三字。後段「待擬」句七字，比柳作少二字，必有訛脱。《詞律》謂「没」字音「暮」，「緑」字音「慮」，皆用北音爲叶，然此二處柳皆不叶，未確。「慮」字，《詞律》作「處」，重韻，今從《片玉詞》。「平」字，《詞律》作「半」，「乍」字作「昨」，「教」字作「交」，均據《詞譜》改正。

思歸樂五十六字

天幕清和堪宴聚韻相對盡豆高陽儔侶叶皓齒善歌長袖舞叶漸引入豆醉鄉深處叶　晚歲光陰能幾許叶這巧宦豆不須多取叶把酒共君聽杜宇叶解再三豆勸人歸去叶

唐樂府名。《羯鼓録》，名《思歸》，屬太簇商，商調曲，本集屬林鐘商。

《冥音録》：盧江尉李侃，外婦崔氏，有女弟茝奴，善鼓筝，未嫁而卒。崔生二女，心念其姨，夢中傳十曲，又留一曲曰《思歸樂》（節録）餘詳《滿江紅》下。

《詞譜》：與《柳摇金》合調，但兩起句平仄異，後起不叶韻。《詞律》謂似《於中好》，但兩結六字更不合。與《步蟾宫》亦相似，但兩起句、兩三句，平仄皆不同，且不叶韻，皆不得以字數同而歸併也。借無他詞爲證。

「對」字，汲古作「得」，「把酒共君」四字作「共君把酒」，「聽」字作「勸」，今從《詞譜》。「再三」上，《汲古》缺「解」字，「勸」字作「喚」，據宋本訂正。

二郎神百四字　或加慢字

七夕

炎光謝韻過暮雨豆芳塵輕灑叶乍露冷豆風清庭户爽句天如水豆玉鈎遥掛叶應是星娥嗟久阻句叙舊約豆飈輪欲駕叶極目處豆微雲暗度句耿耿銀河高瀉叶　閒雅叶須知此景句古今無價叶運巧

思豆穿針樓上女句擡粉面豆雲鬟相亞叶鈿合金釵私語處句算誰在豆回廊影下叶願天上人間句占得歡娛句年年今夜叶

唐教坊曲名。本集屬林鐘商。《九宫大成》入南詞商調正曲，又入北詞商角隻曲，許《譜》亦入南詞商調引。《樂府雜録》：《離别難》，武后朝有士陷冤獄，妻配入掖庭。善吹觱，乃撰此曲，名《大郎神》，蓋取良人行第也。後易其名曰《悲切子》，又曰《怨回鶻》。《輟耕録》：此樂府傳寫之誤，實《大郎神》，一作《二郎神慢》。楊纘《作詞五要》第四要隨律押韻，如越調《水龍吟》、商調《二郎神》，皆合用平入聲韻。古詞俱押去聲，所以轉折怪異，成不祥之音。沈際飛《草堂詩餘箋》：「光」字下脱「初」字，不確。

又一體九十八字　　呂渭老

西池舊約韻燕語柳梢桃萼叶向紫陌豆鞦韆影下句同綰雙雙鳳索叶了鶯花休則問句風共月豆一時閒卻叶知誰去喚秋陰句滿眼敗紅藥叶　飄泊叶江湖載酒句十年行樂叶甚近日豆傷高念遠句不覺風前淚落叶橘熟橙黄堪一醉句斷未負豆晚涼池閣叶只愁被豆撩撥春心句煩惱怎生安着叶

首句四字，次句六字，三句七字，四句六字，前結一六、一五字。後段四句七字，五句六字，後結一三、一四、一六字。與柳作全異，與後徐作亦不合，與馬作差同，或亦是轉調也。

轉調二郎神 百五字　一名十二郎

徐伸

悶來彈鵲句又攪碎豆一簾花影韻謾試著春衫句還思纖手句熏徹金猊燼冷叶動是愁端如何向句但怪得豆新來多病叶嗟舊日沈腰句而今潘鬢句怎堪臨鏡叶　重省叶別時淚漬句羅襟猶凝叶料爲我厭厭句日高慵起句長托春酲未醒叶雁足不來句馬蹄難去句門掩一庭芳景叶空佇立句盡日闌干倚遍句晝長人靜叶

吳文英詞名《十二郎》。

《揮塵餘録》「政和初，徐幹臣嘗自製《轉調二郎神》詞。會開封尹李孝壽來牧吳門，幹臣大合樂燕勞。喻群倡令謳此詞，必待其問而止。倡如戒，歌至三四，李果詢之。幹臣蹙額曰：「某頃有一侍婢，色藝冠絶，前歲以亡室不容逐去。今聞在蘇州一兵官處，屢遣信欲復來，而今□□公靳不與，感慨賦此詞。」李云：「此甚不難，可無慮也。」既次無錫，賓贊者請受謁。李一閲刺字，忽大怒，斥都監下階荷校送獄，兵官者解其指，即日舍之。（節録）《花庵詞選》：徐伸，政和初以知音律爲太常典樂。所著《青山樂府》多雜調，惟《二郎神》一曲，天下稱之。

此體與柳作異，但不知所轉何調，作者多從之。「愁端如何」四字，平聲。楊恢、吳文英作同。《嘯餘》注：何字可仄，誤。「彈」、「淚」二字去聲，「沈」、「怎」、「倚」、「盡」四字仄聲，「燼冷」二字，「未醒」二字去上聲，勿誤。「倚遍」二字，《詞律》作「遍倚」，「嗟」字，葉《譜》作「想」，「怎」字作「不」。「又」、「別」、「雁」、「不」、「馬」可平。「襟」、「慵」、「難」、「空」可仄。「彈」去聲。「厭」平聲。

又一體百五字

清源生辰　　楊无咎

炎光欲謝句更幾日豆薰風吹雨韻共説是天公句亦嘉神貺句特作澄清海宇叶灌口擒龍句離堆平水句休問功超前古叶當中興豆護我邊陲句重使四方安堵叶　新府叶祠庭占得句山川幾處叶看曉汲雙泉句晚除百病句奔走千門萬户叶歲歲生朝句勤勤稱頌句可但民無災苦叶□□□豆願得地久天長句協佐皇都換平叶

「灌口」下三句，兩四、一六字，後段同，與徐作異。「災苦」下缺三字。尾句用平叶，亦平仄互叶體。「災」字一本作「疾」。「欲」、「四」、「占」、「協」、必用去聲。「擒龍」、「離堆」用平聲。

又一體百三字

柳花　　馬子嚴

日高睡起句又恰見豆柳梢飛絮韻倩説與豆年年相挽句卻又因他相誤叶南北東西何時定句看碧沼豆青浮無數叶念蜀郡風流句金陵年少句那尋張緒叶　應許叶雪花比並句撲簾堆户叶更羽綴游絲句氈鋪小徑句腸斷鵓鴣喚雨叶舞態顛狂句恨腰輕怯句散了幾回重聚叶空暗想豆昔日長亭

別後句杜鵑催去叶

此同徐體，但「倩説」句七字少二字，與柳作同。「東西何時」必用平聲。「睡」、「比」、「喚」、「杜」用去聲。「那」、「雨」、「別」作上聲。「相」、「風」宜仄。

又一體百四字

垂虹橋　吴文英

素天際水句浪拍碎豆凍雲不凝韻記曉葉題霜句秋燈吟雨句曾繫長橋過艇叶又是賓鴻重來後句猛賦得豆歸期纔定叶嗟綉鴨解言句香鱸堪釣句尚廬人境叶　幽興叶爭如共載句越娥妝鏡叶念倦容依前句貂裘茸帽句重向松江照影叶酹酒滄茫句倚歌平遠句亭上玉虹腰冷叶迎面暮雪飛花句幾點黛愁山暝叶

後結兩六字句，不同徐作。「賓鴻重來」必用平。「際」、「過」、「尚」、「共」、「照」、「黛」必用去聲。「艇」、「影」、「幾」必用上聲。

鵲橋仙八十八字

屆征途句攜書劍句迢迢匹馬東歸去韻慘離懷句嗟少年豆易分難聚叶佳人方恁繾綣句便忍分鴛

侶叶當媚景句算密意幽歡句盡成輕負叶　此際寸腸萬緒叶慘愁顏豆斷魂無語叶和淚眼句片時幾番回顧叶傷心脈脈誰訴叶但黯然凝佇叶暮烟寒雨句望秦樓何處叶

本集屬歇指調，《唐書・樂志》：歇指調爲林鐘之商聲。

此與《鵲橋仙》小令迥別，故另列。

無他作可證。《汲古》缺「歸」字，「此」字作「且」。「少年」二字，《詞律》作「年少」，據宋本訂正。

夏雲峰 九十一字

宴堂深韻軒楹雨豆輕壓暑氣低沉叶花洞彩舟泛斝句坐繞清潯叶楚臺風快句湘簟冷豆永日披襟叶坐久覺豆疏弦脆管句時換新音叶　越娥蕙態蘭心叶逞妖艷豆昵歡邀寵難禁叶筵上笑歌間發句舄履交侵叶醉鄉深處句須盡興豆滿酌高吟叶向此免豆名繮利鎖句虚費光陰叶

本集屬歇指調。

此調詠本意爲名，平仄皆宜遵守，勿誤。《詞匯》誤列僧揮《金明池》「天闊雲高」一首，《詞律》已證其誤。「新」字一本作「清」。「態」字，葉《譜》作「質」，「舄履」，二字作「履舄」，誤。「宴」、「暑」、「泛」、「越」、「滿」可平。「輕」、「湘」、「觀」可仄。

永遇樂 百四字

天閣英游句內朝密侍句當世榮遇韻漢守分麾句堯庭請瑞句方面憑心膂叶風馳千騎句雲擁雙旌句向曉洞開嚴署叶擁朱幡豆喜色歡聲句處處競歌來暮叶　吴王舊國句今古江山句秀異人烟繁富叶甘雨車行句仁風扇動句雅稱安黎庶叶棠郊成政句槐府登賢句非久定須歸去叶且乘閒豆宏閣長開句融尊盛舉叶

本集屬歇指調，《九宮大成》入南詞商調引，《詞名集解》：歇拍調。

周密天基聖節樂次，樂奏夾鐘宮，第五盞觱篥起《永遇樂慢》。《集解》：唐杜秘書工小詞。鄰家有小女名酥香，凡才人歌曲，悉能吟諷，尤喜杜詞，遂成踰牆之好。後爲僕訴，杜流河朔，臨行述《永遇樂》詞訣别，女持紙三唱而死。愚按：此語不知所據何書，杜秘書不著名號，究未知此調創自杜否。

各家平仄多有不同，今列三體以備擇用。「世」、「競」、「舊」、「盛」等字，定去聲，融字亦當用去爲妙。「宏」字，《汲古》作「暖」。「雲擁」句、「喜色」句、「仙郎」句、「槐府」句、「宏閣」句，《梅苑》詞平仄俱相反。又一首於前結句作五字，是遺脱也。趙長卿作，於前結一三、一六、一四字，平仄亦異。「擁朱幡」句，「且乘閑」句，趙師俠作「萬花覆」，「尊之至」，平仄異，餘同《梅苑》。兩結各家平仄亦多相反。「密」、「擁」、「喜」、「處」、「古」、「秀」、「扇」、「雅」、「府」可平。「方」、「千」、「旌」、「歡」、「山」、「人」、「甘」、「棠」、「賢」、「非」、「長」、「融」可仄。「騎」、「稱」去聲。

又一體 百四字

薰風解慍句晝景清和句新霽時候韻火德流光句蘿圖薦祉句累慶金枝秀叶璇樞繞電句華渚流虹句是日挺生元后叶纘唐虞垂拱句千載應期句萬靈敷祐叶　殊方異域句爭貢琛賮句架巘航波奔輳叶三殿稱觴句九儀就列句韶濩鏘金奏叶藩侯瞻望彤庭句親攜僚吏句競歌元首叶祝堯齡豆北極齊尊句南山共久叶

前結一五、兩四字，後段第七八九句、一六、兩四字句，與前異。「清」字，《汲古》作「晴」，「璇」字作「旋」，「纘」字作「績」，一本作「續」。「巘航」二字作「瓛杭」。「競」字作「竟」，一本作「賡」。「景」字作「錦」，「蘿」字作「緑」，「三」字作「二」，俱誤，今從宋本改正。「霽」、「萬」、異「共」必用去聲。「繞」可平，「薰」可仄。

又一體 百四字

夜宿燕子樓夢盼盼因作此詞　蘇軾

明月如霜句好風如水句清景無限韻曲港跳魚句圓荷瀉露句寂寞無人見叶紞如五鼓句錚如一葉句黯黯夢魂驚斷叶夜茫茫豆重尋無處句覺來小園行遍叶　天涯倦客句山中歸路句望斷故園心眼叶燕子樓空句佳人何在句空鎖樓中燕叶古今如夢句何曾夢覺句但有舊歡新怨叶異時對豆南樓

異景句爲余浩嘆叶

許氏《詞譜》入南詞商調引。

《獨醒雜志》：東坡守徐州，作燕子樓樂章。方具稿，人未知之，一日忽鬨傳于城中。東坡訝焉，詰其所從來，乃謂發端於邏卒。東坡召而問之，對曰：「某稍知音律，嘗夜宿張建封廟，有歌聲，細聽乃此詞也，記而傳之，初不知何謂。」東坡笑而遺之。愚按：《詞名集解》竟名之曰《燕子樓》，大誤。

「錚如」句、「山中」句、「佳人」句、「何曾」句，平仄俱與柳異。各家多用此體，「無人」人字，「樓中」中字，趙以夫、蔣捷用仄聲，餘各家同。「錚如」，《詞譜》作「錚然」，「魂」字作「雲」，「異」字作「夜」。「景」用上聲。「小」、「倦」、「浩」必用去聲。「爲」作去聲。

又一體百四字

晁補之

松菊堂深句芰荷池小句長夏清暑韻燕引雛還句鳩呼婦往句人静郊原趣叶麥天已過句薄衣輕扇句試起繞園徐步叶聽衡宇叶欣欣童稚句共説夜來初雨叶　蒼苔徑裡句紫葳枝上句數點幽花垂露叶東里催鋤句西鄰助餉句相戒清晨去叶斜川歸興句翛然滿目句回首帝鄉何處叶只愁恐句輕鞭犯夜句灞陵舊路叶

「宇」字叶韻，餘同柳第一首。「夏」、「夜」、「徑」、「灞」、「舊」必用去聲。

又一體 百五字　　危復之

早葉初鶯句晚風孤蝶句幽思何限韻檐角縈雲句階痕積雨句一夜苔生遍叶玉窗閒掩句瑤琴慵理句寂寞水沉烟斷叶悄無言豆春歸無覓處句捲簾見雙飛燕叶　風亭泉石句烟林薇蕨句夢繞舊時曾見叶江上閒鷗句心盟猶在句分得眠沙半叶引觴浮月句飛談捲霧句莫管愁深歡淺叶起來倚闌干句拾得殘紅一片叶

此下二首，俱見元《草堂詩餘》。前段第十句八字，比各家多一字，後結一五、一六字，亦微異。「思」、「見」、「一」必用去聲。「泉」、「殘」宜用去聲。

又一體 百二字　　李太古

玉砌標鮮句雪園風致句似曾相識韻蟬錦霞香句烏絲雲濕句吹渴蟾蜍滴叶青青白白句關關滑滑句寒損銖衣狂客叶儘聲聲豆不如歸去句歸也怎生歸得叶　含桃紅小句香芹翠軟句惆悵宜城山色叶百摺浮嵐句幾灣流水句那一些兒直叶落花情味句露花魂夢句蒲花消息叶撫修眉豆織烏西下句爲君凝碧叶

後段第九句四字，比各家少二字，恐有脱誤。「怎」上聲。「爲」、「凝」去聲。「曾」、「紅」宜用去聲。

又一體百四字　　陳允平

玉腕籠寒句翠闌憑曉句鶯調新簧韻暗水穿苔句游絲度柳句人靜芳晝長叶雲南歸雁句樓西飛燕句去來慣認炎涼叶王孫遠句青青草色句幾回望斷柔腸叶　薔薇舊約句尊前一笑句等閑孤負年光叶鬥草庭空句抛梭架冷句簾外風絮香叶傷春情緒句惜花時候句日斜尚未成妝叶閑嬉笑句誰家女伴句又還採桑叶

《日湖漁唱》原注「舊」，上聲韻，今改平韻。

「調」、「望」、「斷」、「舊」、「又」、「採」六字，仄聲是定格，用去更妙。

消息百四字　　晁補之

端午

紅日葵開句映牆遮牖句小齋端午韻杯展荷金句簪抽筍玉句幽事還堪數叶緑窗纖手句朱奩輕縷句爭鬥彩絲艾虎叶想沉江豆怨魄歸來句空惆悵對菰黍叶　朱顏老去句清風好在句未減佳辰歡聚叶臘酒深斟句菖葅細糝句圍坐從兒女叶還同子美句江村長夏句閒對燕飛鷗舞叶算何須豆楚王雄風句方消畏暑叶

原注：自過腔，即越調《永遇樂》。愚按：此與柳詞無異，調名《消息》，是腔調不同，與《湘月》之即《念奴嬌》類也，故列後。

「齋」字用平，「楚王雄風」，「王」字當作去聲，平仄亦異。《汲古》缺「堪」字，誤。

浪淘沙慢 百三十五字

夢覺透窗風一綫句寒燈吹息韻那堪酒醒句又聞空階句夜雨頻滴叶嗟因循豆久作天涯客叶負佳人豆幾許盟言句更忍把豆從前歡會句陡頓翻成憂慼叶　愁極叶再三追思句洞房深處句幾度飲散歌闋叶香暖鴛鴦被句豈暫時疏散句費伊心力叶殢雲尤雨句有萬般千種句相憐相惜叶恰到如今句天長漏永句無端自家疏隔叶知何時豆卻擁秦雲態句願低幃昵枕句輕輕細說叶與江鄉句夜夜數豆寒更思憶叶

本集屬歇指調。

此與《浪淘沙令》、《浪淘沙近》皆不同，故另列。

照周詞當於「恰到如今」下分第三段。「闋」字，《汲古》作「闌」，失韻。「殢雲尤雨」四字作「殢雨尤雲」，「相憐」下缺一「相」字及「恰」字，「知」字作「如」，今據宋本訂正。後結似當於「與」字句，「夜」字句，「數」字屬下句。

又一體百三十三字　　周邦彥

曉陰重句霜凋岸草句霧隱城堞韻南陌脂車待發句東門帳飲乍闋叶正拂面垂楊堪攬結叶掩紅淚豆玉手親折叶念漢浦離鴻去何許句經時信音絶叶　情切叶望中地遠天闊叶向露冷風清無人處句耿耿寒漏咽叶嗟萬事難忘句惟是輕别叶翠尊未竭叶憑斷雲句留取西樓殘月叶　羅帶光銷紋衾疊叶連環斷豆舊香頓歇叶怨歌永句瓊壺敲盡缺叶恨春去豆不與人期句弄夜色句空餘滿地梨花雪叶

此與柳作字數雖同，句法稍異。「南陌」二句各六字，「發」字、「折」字叶韻，「念漢浦」下十二字，一八、一五字句法。第二段次句一六、一八字，「闊」字叶，「處」字不叶，「咽」字又叶，「竭」字亦叶。「留取」句六字。第三段起句作七言詩句，次句一三、一四字。「缺」字亦叶，「恨春去」句不叶。末句亦七言詩句，與柳作全異。「念漢浦」下，陳和作「望日下長安近下」七字，與此句法微異。方、楊和作、吳文英作與此同，想不拘。「堪攬結」，楊作「百千結」，恐誤倒也。「隱」、「待」、「乍」、「攬」、「手」、「去」、「信」、「遠」、「漏」、「是」、「未」、「頓」、「盡」、「夜」諸仄聲，「光」、「銷」、「紋」、「衾」四平聲，最吃緊，不可移易。「發」字方和詞亦叶。「漢」字，《詞律》作「溪」。「信音」，一作「音信」，「斷」字作「解」。「鴻」字，葉《譜》作「魂」，皆誤。吳作於「玉手親折」句作三字，是脱誤。「玉」作平，「正」、「萬」可平。

又一體百三十三字

周邦彦

萬葉戰句秋聲露結句雁度砂磧韻細草和烟尚綠句遥山向晚更碧叶見隱隱豆雲邊新月白叶映落照豆簾幕千家句聽數聲何處倚樓笛叶裝點盡秋色叶　脈脈叶旅情暗自消釋叶念珠玉臨水猶悲戚句何況天涯客叶憶少年歌酒句當時踪迹叶歲華易老句衣帶寬句懊惱心腸終窄叶飛散後句風流人阻句藍橋約豆悵恨路隔叶馬蹄過豆猶嘶舊巷陌叶嘆往事豆一一堪傷句曠望極叶凝思又把闌干拍叶

此與前作字數相同，而句法特異。照前詞亦當「飛散」下分三段，「綠」字、「家」字、「老」字俱不叶韻，「極」字叶。「家」、「涯」、「時」三字用平，「點」、「恨」、「舊」三字用仄，與前作異。「數聲何處」四字，「珠玉臨水」四字，「少年歌酒」四字，亦平仄不同。「飛散」句，句法亦異。又一體也。

荔枝香七十六字

甚處尋芳賞翠句歸去晚韻緩步羅襪生塵句來繞瓊筵看叶金縷霞衣輕褪句似覺春游倦叶遥認豆衆裡盈盈好身段叶　擬回首句又佇立豆簾幃畔叶素臉紅眉句時揭蓋頭微見叶笑整金翹句一點芳心在嬌眼叶王孫空恁腸斷叶

本集注歇指調。《碧雞漫志》云：歇指、大石調，皆有近拍，不知何者爲本曲。《九宫大成》入南詞大石調正曲，許《譜》同。
《唐書·禮樂志》：明皇幸驪山。楊貴妃生日，命小部張樂長生殿。因奏新曲，未有名。會南方進荔枝，因名曰《荔枝香》。《太真外傳》：天寶十四載六月一日，上幸華清宫，乃貴妃生日。上命小部音聲（小部者，梨園法部所置，凡三十人，皆十五以下）於長生殿奏新曲，未有名。會南海進荔枝，因以曲名《荔枝香》。《脞説》：忠州進荔枝，比至開籠時，香滿一室。供奉李龜年撰此曲進之，宣賜甚厚。沈作喆《寓簡》：衡山南岳祠宫，舊多遺迹。徽宗政和間新作燕樂，搜訪古曲遺聲。聞宫廟有唐時樂曲，自昔秘藏，詔使上之，得《黄帝鹽》、《荔枝香》二譜。《黄帝鹽》本交趾來獻，其聲古樸，棄不用。《荔枝香》音節韶美，遂入燕樂。
前結句是九字句，用「遥認」二字領起，此處略逗，不可用上四下五，上三下六句法。「去」字，一本作「來」，「紅」字作「翠」。「賞」、「去」、「擬」、「笑」可平。「羅」、「回」可仄。

又一體 七十六字

周邦彦

照水殘紅零亂句風唤去韻盡日側側輕寒句簾底吹香霧叶黄昏客枕無聊句細響當窗雨叶閒看豆兩兩相依燕新乳叶　樓下水句漸緑遍豆行舟浦叶暮往朝來句心逐片帆輕舉叶何日迎門句小檻朱籠報鸚鵡叶共剪西窗密炬叶

前段「黄昏」句，後結句，平仄與前異，餘同。吴文英作，名《荔枝香近》，於「盡日」作「夜吟」，「兩兩」二字作「驅車」，差異，故不另録。「唤」、「日」、「側」、「兩」、「緑」、「密」可平。「西」可仄。

荔枝香近七十三字

周邦彥

夜來寒侵酒席句露微泫韻舄履初會句香澤方熏句無端暗雨催人句但怪燈偏簾捲叶回顧豆始覺驚鴻去遠叶　大都世間句最苦惟聚散叶到得春殘句看即是豆開離宴叶細思別後句柳眼花鬚更誰剪叶此懷何處消遣叶

《九宮大成》南詞大石調正曲，無「近」字。

此調加「近」字，句法略異，只少三字，其實一調。楊澤民、方千里、陳允平和詞，平仄如一，悉宜從之。惟「回顧」句，《詞律》於「始覺」分句，觀柳作及周前作，當於「顧」字略逗，不得分兩句讀。所謂方作「捲」字不叶，查方和詞用「遍」字，并非不叶，校對未確。「世」、「別」可平。「回」、「開」可仄。

長壽樂百十三字

尤紅殢翠韻近日來豆陡把狂心牽繫叶羅綺叢中句笙歌筵上句有個人人可意叶解嚴妝巧笑句言談取次成嬌媚叶知幾度豆密約秦樓盡醉叶仍攜手豆眷戀香衾綉被叶　情漸美叶算好把豆夕雨朝雲相繼叶仙禁春深句御爐香裊句便是臨軒親試叶對天顏咫尺句定魁甲榜登高第叶待恁時豆等着回來賀喜叶好生地句剩與我兒利市叶

《宋史・樂志》：仙吕調。《樂章集》屬平調。《九宮大成》入南詞羽調正曲。

《舊唐書・音樂志》云：武太后長壽年製，舞者十有二人。《宋史・樂志》云：建隆中，教坊都知李德昇作。

前段「言談」下，後段「仙禁」下，皆不相同。「取次」二字，一本作「次姿取」三字，《汲古》作「次姿則」三字，俱誤。「仙禁」下，多「便是」二字，據《詞律訂》改。「試對」下脱漏二十九字，《詞律》因之不全，據宋本增訂。「日」、「取」、「度」、「好」、「把」、「御」、「定」、「好」、「我」可平。「來」、「羅」、「言」、「仍」、「仙」、「時」可仄。「可」作平。

又一體 百十三字

繁紅嫩翠韻艷陽景豆妝點神州明媚叶是處樓臺句朱門院落句弦管新聲騰沸叶恣游人無限句馳驟驕馬車如水叶競尋芳選勝句歸來向晚句起通衢近遠句香塵細細叶　太平世叶少年時句忍把韶光輕棄叶況有紅妝句吴娃越艷句一笑千金何啻叶向尊前舞袖飄雪句歌響行雲止叶願長繩句且把飛烏繫住句好從容痛飲句誰能惜醉叶

本集屬中吕調。

此體《汲古》、《詞律》皆未載，僅見《花草粹編》，據宋本補。

前後結句法與前不同，前結「起」字當屬下句讀，應是訛字，照後段此處不叶韻。「車如水」三字，《詞譜》作「如流水」，一本無「車」字。「勝」字，一本作「劇強」二字。「吴娃」二字，《粹編》缺，「越」字作「楚」，「雪」字作「香」，「住」字作「任」。「誰」字，《詞譜》作「何」。

歸去來四十九字

初過元宵三五韻慵困春情緒叶燈月闌珊嬉游處叶游人盡豆厭歡聚叶　憑仗如花女叶持杯謝豆酒朋詩侶叶餘酲更不禁香醑叶歌筵罷豆且歸去叶

唐張熾有《歸去來引》。《樂章集》屬正平調。《唐書·樂志》：中呂羽爲正平調，夾鐘羽爲中呂調，燕樂七羽之二也。《九宮大成》入南詞小石調引。

此以末句立名，餘無作者，平仄不可更易。「罷」字，《汲古》、《詞律》作「舞」，據宋本改正。

又一體五十二字

一夜狂風雨韻花英墜豆碎紅無數叶垂楊謾結黃金縷叶儘春殘豆縈不住叶　蝶稀蜂散知何處叶殢尊酒豆轉添愁緒叶多情不慣相思苦叶休惆悵豆且歸去叶

本集注中呂調。

《詞律》失收。前段起處，一五、一七字，後起句，七字句與前異。「英」字，《詞譜》作「陰」，「且」字作「好」。

塞孤 九十五字

一聲鷄又報句殘更歇韻秣馬巾車催發叶草草主人燈下別叶山路險句新霜滑叶瑤珂響起棲烏句金鐙冷敲殘月叶漸西風豆襟袖淒裂叶　遥指白玉京句望斷黄金闕叶遠道何時行徹叶算得佳人凝恨切叶應念念句歸時節叶相見了豆執柔荑句幽會處豆偎香雪叶免鴛衾句兩恁虚設叶

本集注般沙調。愚按：「沙」字應是「涉」字之訛，般涉調爲黄鐘之羽聲，餘詳《哨遍》下。此與《塞姑》迥別，不得類列。

《汲古》不分段。「西風」下，《詞律》多「緊」字，以緊、襟二字音相近，疑「緊」字爲「羨」。朱雍和詞作「向亭皋，一任風裂」，是「緊」字果「羨」也。「袖」、「恁」二字，必用去聲，勿誤。葉《譜》起句於「鷄」字句，可通。「路」字作「徑」。「幽」字一本作「嘉」。「偎」字作「沾」。「鐙」去聲。

望梅 百六字　一名杏梁燕

小春詞

小寒時節韻正彤雲暮慘句勁風朝冽叶信早梅豆偏占陽和句向日處豆凌晨數枝先發叶時有香來句望明艷豆遥知非雪叶展瓏金嫩蕊句弄粉素英句旖旎清徹叶　仙姿更誰並列叶有幽光照水句疏影籠月叶且大家豆留倚闌干句鬥緑醑飛看句錦箋吟閱叶桃李春花句料比此豆芬芳俱別叶見和

羮大用句莫把翠條漫折叶

《九宮大成》入南詞仙呂宮正曲。

張輯詞有「付與杏梁語燕」句，一名《杏梁燕》。

此調宋本、《汲古》皆不載，據《梅苑》補。《填詞名解》云：取詞中句名，即《解連環》。《詞律》云：句字、平仄、音響俱同，豈非一調？或者卿用《解連環》調作梅花詞，題曰《望梅》，因誤襲爲調名？愚按：「望梅」二字，應是詞題，決非調名，此説不爲無見。但《解連環》名由周創，柳在周前數十年，何得襲其調名？或以馮偉壽《玉連環》爲別名，馮詞與柳、周詞全異，何得合並？又以羅志仁《菩薩蠻慢》爲一調，字句亦不相符，皆宜分列。

「暮」、「弄」、「素」、「旋」、「並」、「影」、「大」、「莫」、「翠」、「漫」等字，必去聲，勿誤。陸游詞結句作一三、兩四字，可不拘。「處」字，《梅苑》作「暖」，「凌晨數」三字作「臨溪一」，「遥知」二字作「瑶枝」，「展瓏金」三字作「想玲瓏」，「弄粉素英」四字，作「綽約横斜」，「徹」字作「絕」，「光照」二字作「香映」，「鬥」字作「對」，「看」字作「觥」，「春花料」三字作「繁華奈」，「見」字作「等」，「莫」字作「休」，今從《歷代詩餘》。「瓏」字當是「籠」字之訛。

「早」、「緑」、「比」可平。「時」、「明」、「桃」、「芬」、「俱」可仄。「看」平聲。「莫」去聲。

又一體百六字

無名氏

畫闌人寂韻喜輕盈照水句犯寒先折叶裊芳枝豆雲縷鮫綃句露淺淺豆涂黃漢宮嬌額叶剪玉裁冰句已占斷豆江南春色叶恨風前素艷句雪裡暗香句偶成抛擲叶　如今眼穿故園句待拈花嗅蕊句時話思憶叶想隴頭豆依約飄零句甚千里芳心句杳無消息叶粉怯珠愁句又只恐豆吹殘羌笛叶正斜

飛豆半窗曉月句夢回隴驛叶

見《梅苑》。原注或作王聖與，考聖與名沂孫，南宋末人，恐誤。換頭句「園」字不叶韻，或是「國」字之訛。結句一三、兩四字，與柳作異。「畫闌」二字，一作「畫閑」，「芳」字作「數」，「嗅」字作「弄」。「照」、「雪」、「暗」、「故」、「話」、「半」、「夢」必用去聲。「曉」、「隴」必用上聲。

解連環 百五字　一名玉連環

怨別　周邦彦

怨懷誰托韻嗟情人斷絕句信音遼邈叶縱妙手豆能解連環句似風散雨收句霧輕雲薄叶燕子樓空句暗塵鎖豆一床弦索叶想移根換葉句盡是舊時句手種紅藥叶　汀洲漸生杜若叶料舟依岸曲句人在天角叶記得當日音書句把閑語閑言句待總燒卻叶水驛春迴句望寄我豆江南梅萼叶拚今生豆對花對酒句爲伊淚落叶

《九宮大成》入南詞商調，許氏《詞譜》亦入南詞商調引。此以詞中第四句爲名，與《望梅》實是一調。玩詞意有「望寄我江南梅萼」句，是因柳詞移換宮調，另立新名也。惟前段第五、六句，一五、一四字，後結一三、兩四字，與柳異。「記得」句六字，比柳詞少一字。《清真集》及楊无咎、方千里和詞亦六字，惟《花庵詞選》多一「漫」字。吴文英二首皆七字，陳允平和詞亦七字，楊於前結作一三、一四、一六字，可不拘。《清真集》結尾作「拚今生，爲伊對花對酒淚落」，恰與柳句法吻合。宋人多從此體。「斷」、「盡」、「舊」、「種」、「杜」、「在」、「對」、「爲」、「淚」必用去聲。「雨」、「曲」、「總」、「寄」可平。「塵」、「移」可仄。

又一體百六字　姜夔

玉鞍重倚韻卻沉吟未上句又縈離思叶爲大喬豆能撥春風句小喬妙移箏句雁啼秋水叶柳怯雲鬆句更何必豆十分梳洗叶道郎攜羽扇句那日隔簾句半面曾記叶　西窗夜涼雨霽叶嘆幽歡未足句何事輕棄叶問後約豆空指薔薇句算如此溪山句甚時重至叶水驛燈昏句又見在豆曲屏近底叶念惟有豆夜來皓月句照伊自睡叶

後段第四句七字，比周作多一字，與《梅苑》、《望梅》正合，是一調無疑。「未」、「那」、「隔」、「面」、「夜」、「皓」、「照」、「自」必用去聲。「雨」必用上聲。

又一體百五字

橄欖　王沂孫

萬珠懸碧韻想炎荒樹密句□□□□韻恨絳娣豆先整吳帆句政鬢翠逞嬌句故林難別叶歲晚相逢句薦青子豆獨誇冰頰叶點紅鹽亂落句最是夜寒句酒醒時節叶　霜槎猬芒凍裂叶把孤花細嚼句時咽芳冽叶斷味惜豆回澀餘甘句似重省家山句舊游風月叶崖蜜重嘗到了句輸他清絕叶更留人豆紺丸半顆句素甌泛雪叶

後段第四句七字，比周作多一字，蔣捷一首同。七八句，一六、一四字，比周作少一字。原缺一句四字。「樹」、「最」、「夜」、「醒」、「凍」、「咽」、「紺」、「半」、「素」、「泛」必用去聲。

菩薩蠻慢 百八字

羅志仁

曉鶯催起韻問當年秀色句爲誰料理叶悵別後豆屏掩吴山句便樓燕月寒句鬢蟬雲委叶錦字無憑句付銀燭豆盡燒千紙叶對寒泓淨碧句又把去鴻句往恨都洗叶　桃花自貪結子叶道東風有意句吹送流水叶漫記得當日句心嫁卿卿句是日暮天寒句翠袖堪倚叶扇月乘鸞句儘夢隔豆嬋娟千里叶到嗔人豆從今不信句畫檐鵲喜叶

《歷代詩餘》云：此調與《解連環》略同，然字數既殊，調名自别也。《詞律》云：查係《解連環》别名，不收。愚按：此調與《菩薩蠻》小令迥别。「漫記得」下九字，比柳永《望梅》僅多二字，比周邦彦《解連環》多三字，所用去聲字，無不吻合，格調在此，自是别名。當從《詞律》，宜備一體類列爲是。「秀」、「又」、「去」、「恨」、「結」、「送」、「不」、「畫」、「鵲」必用去聲。「從」宜仄。

白苧 百二十五字　一名白紵歌

雪

綉簾垂句畫堂悄句寒風淅瀝韻遥天萬里句黯淡彤雲冪䍥叶漸紛紛豆六花零亂散空碧叶姑射叶宴

瑶池句把碎玉零珠抛擲叶林巒望中句高下瓊瑶一色叶嚴子陵釣臺句歸路迷踪迹叶　追惜叶燕然畫角句寶鑰珊瑚句是時丞相句虛作銀城換得叶當此際豆偏宜訪袁安宅叶醺醺醉了句任金釵舞困句玉壺傾側叶又恐東君句暗遣花神句先報南國叶昨夜江梅句漏洩春消息叶

《山堂肆考》云：吴孫皓作，時曲雙角有此名。《樂府指迷》云：「苧」或作「紵」，亦名《白紵歌》，晉宋以來舞曲俱有《白紵辭》。《樂府古題要解》云：《白紵歌》有白紵舞，吴人之歌舞也。其音入清商調，故清商七曲，有子夜者，即白紵也。在吴爲白紵，在晉爲子夜，梁武令沈約更製其辭焉。《全唐詩》注云：樂舞有白苧，吴舞也。唐元稹有《四時白紵舞曲》。

「淅瀝」、「冪歷」、「一色」皆兩入聲，「散」字、「換」字、「報」字皆仄聲，想格當如是，特標出。須著眼「嚴子陵」下十字，此詞當兩五字句。後蔣作當一三、一七字句。「當此際」下九字，此當一三、一六字句，蔣當一五、一四字句，此等一氣貫下，原可不拘。《詞律》必欲比同，謬甚。「射」字是藏韻，蔣作亦然，勿誤認。「鑰」字，《草堂》作「簷」，「恐」字作「是」。

《碧鷄漫志》云：正宮《白苧曲》賦雪者，世傳紫姑神作。寫至「追昔，燕然畫角，寶鑰珊瑚，是時丞相，虛作銀城換得」，或問出處，答云：「天上文字，汝那得知。」末後句「又恐東君，暗遣花神，先報南國，昨夜江梅，漏泄春消息」，殊可喜也。亦見《頤堂集》，獨《花草粹編》、《草堂詩餘》爲柳永作。宋本《樂章集》、《汲古》皆不載，當從王灼説爲是。

又一體百二十一字　一名三犯白苧歌

春情　　蔣捷

正春晴句又春冷句雲低欲落韻瓊苞未剖句早是東風作惡叶旋安排豆一雙銀蒜鎮羅幕叶幽壑叶水

生漪句皺嫩綠豆潛鱗初躍叶愔愔門巷句桃樹紅纔約略叶知甚時句霽華烘破青青萼叶　憶昨叶引蝶花邊句近來重見句身學垂楊瘦削叶問小翠眉山句爲誰攢卻叶斜陽院宇句任蛛絲罥遍句玉箏弦索叶户外惟聞句放翦刀聲句深在妝閣叶料想裁縫句白苧春衫薄叶

通體與柳作同，只少換頭，次句四字，或是脱誤。《汲古》缺「院」字，誤。「欲落」、「作惡」、「約略」用入聲。「旋」、「鎮」、「瘦」、「在」用去聲。

爪茉莉 八十二字

每到秋來句轉添甚況味韻金風動豆冷清清地叶殘蟬噪晚句甚聒得豆人心欲碎叶更休道豆宋玉多悲句石人也須下淚叶　衾寒枕冷句夜迢迢豆更無寐叶深院靜豆月明風細叶巴巴望曉句怎生捱豆更迢遞叶料我兒豆只在枕頭根底叶等人睡來夢裡叶

《九宮大成》入南詞中吕宮引。

此調宋本、《汲古》俱不載，據《草堂詩餘》補，無他作者。「更」平聲。

十二時 百三十字

晚晴初句淡烟籠月句風透蟾光如洗韻覺翠帳豆涼生秋思叶漸入微寒天氣叶敗葉敲窗句西風滿

院句睡不成還起叶更漏咽豆滴破憂心句萬感並生句都在離人愁耳叶　天怎知豆當時一句句做得十分縈繫叶夜永有時句分明枕上句覷着孜孜地叶燭暗時酒醒句元來又是夢裡叶　睡覺來豆披衣獨坐句萬種無聊情意叶怎得伊來句重諧雲雨句再整餘香被叶祝告天發願句從今永無拋棄叶

《九宮大成》入南詞商調引。

此調宋本、《汲古》俱不載，據《草堂詩餘》補。與《憶少年》之別名《十二時》及無名氏平韻詞皆無涉，故另列。《樂略》云：隋煬帝幸江都，令大樂令白明達造新聲，創《十二時》等曲。宋詞亦沿其名。

後二段字句全合，與雙拽頭體同，但各家詞中罕見，從無雙拽尾之名。《詞律》所注平仄無據。「雲雨」二字，葉《譜》作「連理」，注叶，未確。《詞律》於後結「從今」分句，不妥，何又不比較前段耶？

又一體百四十一字

葛長庚

素馨花句生枝無幾韻秋入闌干十二叶那茉莉豆如今已矣叶只有蘭英菊蕊叶霜蟹年時句香橙天氣句總是悲秋意叶問宋玉豆當日如何句對此淒涼風月句怎生存濟叶　還未知豆幽人心事叶望得眼穿心碎叶青鳥不來句彩鸞何處句雲鎖三山翠叶是碧霄有路句要歸歸又無計叶　奈何他豆水長天遠句身又何曾生翅叶手撚芙蓉句耳聽鴻雁句怕有丹書至叶縱人間富貴句一歲復一歲叶此心終日繞香盤句在篆畦兒裡叶

前二段同柳作，惟「一歲」下三句十七字，與柳作大異。似「一歲」句脱落一字，下二句是他詞誤竄入也。「幾」字、「事」字，或不是叶韻。

十二時慢九十一字

梅　　　　朱雍

粉痕輕句謝池泛玉句波暖琉璃初展睹靚豆芳塵冥春浦句水曲漪生遥岸叶麝氣柔豆雲容影淡叶正日邊寒淺叶閑院寂句幽管聲中萬感叶併生心事句曾陪瓊宴叶　春暗叶南枝依舊句但得當初繾綣叶晝永亂英句繽紛解珮句映人輕盈面叶香暗酒醒處豆年年共副良願叶

前段第六句三字，比柳作少一字，當有遺脱。前結一六兩四字，句法異。後段同，只「春暗」二字叶韻，少一字，且少第三段，恐是訛脱不全之作，不可從。

愚按：宋初詞調甚尠，皆襲唐音，太宗親製二百數十調，原詞未傳。柳永增至二百餘調，其名遂繁。所著《樂章集》，一一注明宫調，創製居多，惜無傳本。僅見汲古閣《六十家詞》刻内，而訛謬遺誤不可卒讀。詞家見其踳駁蕪雜，不敢操觚，殊爲缺憾。吴門戈氏家藏宋刊《樂章集》，整齊完善，燦然具備，且多十四闋，足證《汲古》之誤。今皆據以訂正，各按宫調分列，柳詞悉成完璧，詞家照填無誤。並刊入《詞學叢書》内，公諸同好，俾學者按譜填腔。增多數十調名，豈非藝林一大快事哉！庚戌八月初六日校勘畢，識於塘棲舟中。

詞繫卷十一

宋

花發狀元紅慢百二字　一名素蛺蝶

劉几

三春向暮句萬卉成陰句有嘉艷方坼韻嬌姿嫩質叶冠群品句共賞傾城傾國叶上苑晴晝暄句千素萬紅尤奇特叶綺筵開句會詠歌才子句壓倒元白叶　別有幽芳苞小句步障華絲句綺軒油壁叶與紫鴛鴦句素蛺蝶叶自清旦豆往往連夕叶巧鶯喧翠管句嬌燕語豆雕梁留客叶武陵人句念夢役意濃句堪遺情溺叶

以詞中句一名《素蛺蝶》。

葉夢得《避暑録話》：劉几在神宗時與范蜀公重定太樂。洛陽花品曰狀元紅，爲一時之冠。樂工花日新能爲新聲，汴妓郜懿以色著，秘監致仕劉伯壽精音律。熙寧中，几攜花日新就郜懿家，賞花歡宴。乃撰此曲，填詞以贈之。他無作者，《詞律》失收。「艷」、「倒」、「遺」三字，宜用仄聲爲妙。

梅花曲（三首）

漢宮嬌額半塗黄，粉色凌晨透薄妝。好借月魂來映燭，恐隨春夢去飛揚。風亭把盞酬孤艷，雪徑回輿認暗香。不爲調羹應結子，直須留此占年芳。

漢宮中侍女句嬌額半塗黄韻盈盈粉色凌時句寒玉體豆先透薄妝叶好借月魂來句娉婷畫燭旁叶惟恐隨豆陽春好夢去句所思飛揚句　宜向風亭把盞句酬孤艷豆醉永夕何妨叶雪徑蕊句真凝密句降回輿句認暗香叶不爲藉我作和羹句肯放結子花狂叶向上林豆留此占年芳叶

結子非貪鼎鼐嘗，但先紅杏占年芳。從教臘雪埋藏得，卻怕春風漏泄香。不御鉛華知國色，祇裁雲縷想仙妝。少陵為爾牽詩興，可是無心賦海棠。

結子非貪句有香不俗句宜當鼎鼐嘗叶偶先紅紫句度韶華豆玉笛占年芳叶衆花雜色滿上林句未能教豆臘雪埋藏叶卻怕春風漏泄句一一盡天香叶　不須更御鉛黄叶知國色豆稟自天真殊常叶祇裁雲縷句奈芳清玉體想仙妝叶少陵爲爾東閣句美艷激詩腸叶當已陰未雨春光叶無心賦海棠叶

淺淺池塘短短牆，年年為爾惜流芳。向人自有無言意，傾國天教抵死香。鬚裊黄金危欲墜，蒂團紅蠟巧能妝。嬋娟一種如冰雪，依倚春風笑野棠。

淺淺池塘句深深庭院句復出短短垣牆韻年年爲爾句若九真巡會句寶惜流芳叶向人自有句綿渺

無言句深意深藏叶傾國傾城句天教與豆抵死芳香叶　㒵鬒金色句輕危欲墜綽約冠中央叶蒂團紅蠟句蘭肌粉艷巧能妝叶嬋娟一種風流句如雪如冰衣霓裳叶永日依倚句春風笑野棠叶

見《梅苑》。凡三首，不分前後疊，以王安石三詩度曲。第一首「色」字，《梅苑》作「苞」，第二首「國」字作「骨」，「清」字作「滑」，「春光」作「容光」，「鬒」字作「鬢」，「墜」字作「墬」，「野」字作「海」。今從《詞譜》。第一首「思」去聲。第三首「冠」、「衣」去聲。

愚按：此種體製，北宋始見。與《薄媚》、《九張機》等調爲後世南北劇套曲之先聲。原當另列，本譜專敘時代，故一體編次。

鳳簫吟九十九字

芳草　　韓縝

鎖離愁豆連綿無際句來時陌上初薰韻綉幃人念遠句暗垂珠露句泣送征輪叶長行長在眼句更重重豆遠水孤村叶但望極豆樓高盡日句目斷王孫叶　銷魂叶池塘別後句曾行處豆綠妒輕裙叶恁時攜素手句亂花飛絮裡句緩步香茵叶朱顏空自改句向年年豆芳草長新叶遍綠野豆嬉游醉眼句莫負青春叶

《樂府紀聞》云：韓縝有愛姬能詞。韓奉使時，姬作《蝶戀花》送之。神宗知之，遣使送行，莫測中旨何自而出。後乃知姬人別曲傳入內庭也。韓亦有詞云云。此《鳳簫吟》詠芳草以留別，與《蘭陵王》詠柳以敘別同意。後人竟以《芳草》爲調名，則失《鳳簫吟》原唱意矣。又見葉夢得《石林詩話》。

各本皆名《鳳簫吟》，《詞律》獨注一名《芳草鳳樓吟》。不知《芳草》是題，與《催雪》《無悶》同。「簫」誤作「樓」，此傳寫之訛。今據《樂府紀聞》訂正。
「池塘」下，葉《譜》多「從」字，「芳草」二字作「芳意」。

又一體百一字

永嘉君生日　晁補之

曉曈曨韻風和雨細句南園次第春融叶嶺梅猶妬雪句露桃雲杏句已綻碧呈紅叶一年春正好句助人狂豆飛燕游蜂叶更吉夢良辰句對花忍負金鍾叶　香濃叶博山沉水句小樓清旦句佳氣葱葱叶舊游應未改句武陵花似錦句笑語相逢叶蕊宫傳妙訣句小金丹豆同換冰容叶況共有豆芝田舊約句歸去雙峰叶

首句即起韻。前段第六句五字，比韓作多一字。與後王作同。《詞律》謂「已」字可屬上，誤。前結一五、一六字，後段三句四字，亦多一字。「應」平聲。

芳草百字

九日　王之道

雨溟濛韻年年今日句農夫共卜時豐叶登高隨處好句銀屏突兀句南峙對三公叶真珠溥露菊句更芙蓉豆照水匀紅叶但華髮衰顔句不堪頻聯青銅叶　相逢叶行藏休借問句且徘徊豆目送飛鴻叶

十年湖海句千里雲山句幾番殘照淒風叶蟹螯粗似臂句金英碎豆琥珀香濃叶細讀離騷句爲君一飲千鍾叶

原名《芳草》，可見宋時已傳誤，無怪後人之難辨也。前段同晁作。後段次句五字，三句七字，四、五、六句兩四、一六字，結處少一字。句法大異，但平仄相同，亦破句格也。

又一體 百字

南屏晚鐘　奚㴲

笑湖山句紛紛歌舞句花邊如夢如薰韻薌烟驚落日句長橋芳草外句客愁醒叶天風吹送遠句向兩山豆喚醒痴雲叶猶自有豆迷林去烏句不信黃昏叶　銷凝叶油車歸後句一眉新月句獨印湖心叶蕊宮相答處句空岩虛谷應句猿語香林叶正酣紅紫夢句便市朝豆有耳誰聽叶怪玉兔金烏不換句只換愁人叶

亦以《芳草》名調。前段同韓作，只五、六句，一五、一三字略異。後段同晁作。庚青雜入侵尋韻，未免太泛。「薌烟」二字，一本作「響烟」，《西湖志》作「響音」。「油」字作「鈿」，「空」字作「正」，下「正」，下「正」字作「笑」。

喜遷鶯 百三字　蔡挺

霜天秋曉韻正紫塞故壘句黃雲衰草叶漢馬嘶風句邊鴻叫月句隴上鐵衣寒早叶劍歌騎曲悲壯句

盡道君恩須報叶塞垣樂句盡櫜鞬錦帶句山西年少叶　談笑叶刁斗盡句烽火一把句時送平安耗叶聖主憂邊句威懷遐遠句驕寇尚寬天討叶歲華向晚愁思誰念玉關人老叶太平也句且歡娛莫惜句金尊頻倒叶

《梅溪集》注黃鐘宮。《白石詞》注太簇宮，俗名中管高宮。《九宮大成》入南詞黃鐘宮正曲。

此與《喜遷鶯》小令不同，故另列。

王明清《揮麈餘話》云：熙寧中，蔡敏肅以樞密直學士帥平涼。初冬置酒郡齋，偶成《喜遷鶯》一闋。詞成，閑步後園，以示其子朦。朦置袖中，偶墜，爲譍門老卒得之。老卒不識字，持令筆吏辨之。適郡之倡魁，素與筆吏洽，因授之。會賜衣襖，中使至，敏肅開燕。倡尊罍執板歌此，敏肅怒，送獄根治。倡之儕類祈哀於中使，爲援於敏肅。敏肅舍之，復令謳焉。中使得其本以歸，達於禁中。宮女輩但見「太平也」三字，爭相傳授。歌聲遍掖庭，遂徹宸聽。詰其從來，乃知敏肅所製。裕陵即索紙批出云：「玉關人老，朕甚念之。樞管有缺，留以待汝。」未幾，遂拜樞密副使。御筆見藏其孫稹家。史言敏肅交結內侍，進詞柄用，又不同也。

「故」、「騎」、「一」、「向」四字必用去聲，各家同，間有用平者，不可從。「壘」字、「把」字，各家多用平，是以上作平也。辛棄疾一道於「誰念」句作五字，是脫誤，故不録。「思」、「騎」去聲。「紫」、「曲」、「晚」、「玉」可平。「遐」、「驕」、「誰」可仄。

又一體百三字　一名烘春桃李　　江　漢

升平無際韻慶八載相業句君臣魚水叶填撫風稜句調燮精神句合是聖朝房魏叶鳳山政好句還被

畫轂句朱輪催起叶按錦韉叶映玉帶金魚句都人争指叶　丹陛叶常注意叶追念裕陵句元佐今無几叶綉衮香濃句鼎槐風細句榮耀滿門朱紫叶四方具瞻師表句盡道一夔足矣叶運化筆叶又管領年年句烘春桃李叶

因末句又名《烘春桃李》。

蔡絛《鐵圍山叢談》云：政和初，江朝宗獻魯公《喜遷鶯》詞。時兩學盛謳，播諸海內。魯公喜江進呈，命之以官，爲大晟府製撰。

前段第七、八、九句作四字三句，平仄亦異。「韉」字、「筆」字入去作，「意」字均叶韻。餘同。「填」即「鎮」字。「相」、「政」、「裕」、「具」必用去聲。「業」作平聲。「筆」作去聲。

又一體百三字

曉行

曉光催用韻聽宿鳥未驚句鄰鷄先覺叶迤邐烟村句馬嘶人起句殘月尚穿林薄叶泪痕帶霜微凝句酒力冲寒猶弱叶嘆倦客句悄不禁重染句風塵京洛叶　追念人別後句心事萬重句難覓孤鴻托叶翠幌嬌深句曲屏香暖句争念歲寒飄泊叶怨月恨花煩惱句不是不曾經着叶這情味句望一成消減句新來還惡叶

陳質齋云：行簡是詞盛傳京師，號劉曉行。

換頭句第二字不叶，餘同蔡作。「煩惱」二字，各本作「須」，少一字。今從《陽春白雪》本。「驚」字各家多用平，唯蔡詞用「疊」字，江詞用「業」字。或以上入作平，觀康、史兩作可知。「未」、「帶」、「萬」、「恨」必用去聲。「凝」去聲。

又一體百三字

青娥呈瑞韻正慘慘暮寒句彤雲千里叶翦水飛花句漸漸瑶英句密灑翠筠聲細叶邃館靜深句金鋪半掩句重簾垂地叶明窗外叶伴疏梅瀟灑句玉肌香膩叶　幽人當此際叶醒魂照影句永漏愁無寐叶強拊清尊句慵添寶鴨句誰會黯然情味叶幸有賞心人句奈咫尺豆重門深閉叶今夜裡叶　算忍教孤負句濃香翠被叶

前段同江作。換頭句第二字不叶，五字叶。後段第七、八句，一五、一七字，與各家異。破句法也。「暮」、「靜」、「照」必用去聲。「賞」必用上聲。

又一體百三字

商飇輕透韻動簾幕句飛梧亂飄庭甃叶瑞氣氤氳句沈檀初係句烟噴寶臺金獸叶黃花美酒句天教占得句先他時候叶誕元老句慶有聲句此夕降生華胄叶　歡笑宜稱壽叶弦管鼎沸句宮羽方頻奏叶滿捧瑶卮句華堂歌舞句拍轉金釵斜溜叶朱顏綠鬢句殷勤深願句鎮長如舊叶嘆海濱句道難留句指日榮還飛驟叶

前後段第七、八、九句俱四字，兩結俱兩三、一六字，與各家異「飛」字、「濱」字用平，不宜從。《詞律》於次句

「梧」字斷句，恐非。「宮羽」二字，《汲古》、《詞律》作「宮商」，「海濱」二字作「濱海」，均誤。從《歷代詩餘》本訂正。「飛」宜仄。「美」、「鼎」上聲，「教」平聲，「緑」作去聲。

又一體百三字

南枝向暖句乍秀出庾嶺句梅英初吐韻玉頬輕勻句瓊腮淡抹句姑射冰容相許叶幾回立馬凝竚句影映寒光霜姤叶□盡占句在百花頭上句嚴冬獨步叶　芳草春意早句昨夜一番句雪里開無數叶萬蕊千梢句鉛堆粉污句總是化工偏賦叶月明暗香浮動句休使龍吟聲苦叶且留取句待時時頻倚句闌干重顧叶

以下二體皆見《梅苑》。兩起句不叶韻，與各家異。「竚」字、「污」字皆偶合，非叶。「庾」、「立」、「一」、「暗」必用去聲。「污」去聲。

又一體百二字　無名氏

臘殘春未韻正後館梅開句牆陰雪裡叶冷艷凝寒句孤根回暖句昨夜一枝春至叶素苞暗香浮動句別有風流標致叶謝池月句最相宜句疏影橫斜臨水叶　誰爲傳驛句隴上故人句不見今千里叶

寄與東君句徒教知人句別後歲寒清意叶亂山萬疊何在句但有飛雲天際叶故園好句早歸來句休戀繁桃穠李叶

換頭句四字，比各家少一字。「暗」、「故」、「萬」必用去聲。

又一體百四字

鹿鳴宴作　張元幹

雁塔題名句寶津盼宴句盛事簪纓常説韻文物昭融句聖代搜羅句千里争趨丹闕叶元侯勸駕句鄉老獻書句發仞龜前列叶山川秀句圜觀衆多句無如閩越叶　豪傑叶姓標紅紙句帖報泥金句喜信歸來俱捷叶驕馬蘆鞭句醉垂藍綬句吹雪□□芳月叶素娥情厚句桂花一任郎君折叶須滿引句南臺又是句合沙時節叶

《汲古》加「慢」字。

此與各家全異，想因調名誤寫，然與他調不合。《詞律》謂有誤字，於「芳」字下空二格，愚按：「醉垂」下疑是六字句，「雪」字叶韻。下用一六、一七字，與蔡作仿佛，并非缺字。無可考證，不便臆斷。

又一體百三字

趙温之

瓊姿冰體韻料瑩光乍傳句廣寒宫裡叶北陸寒深句南園春先句此後萬花方起叶剪霞門萼句裁蕊

砌□句天與高致叶太瀟灑句最宜雪宜月句宜亭宜水叶　好是天涯句庾嶺上豆萬株浮動香千里叶屏寫橫斜句鬢插垂裊句占盡秀骨清意叶醉魂易醒句吟興信來句佳思無際叶爲傳語句向東風句甘使無言桃李叶

見《草堂詩餘》。趙温之，名失考，當是北宋人作。

換頭句四字，次句十字，前後六、七、八句各四字，與各家異。「先」字當用仄，恐是刻誤。前段三句原缺一字，亦是各四字句。「雪」、「插」、「骨」三字，皆以入作平。「乍」、「門」、「萬」、「易」必用去聲。「思」、「爲」去聲。

又一體百三字

秋夜聞雁　康與之

秋寒初勁韻看雲路雁來句碧天如鏡叶湘浦烟深句衡陽沙繞句風外幾行斜陣叶回首寒門何處句故國關河重省叶漢使老句認上林欲下句徘徊清影叶　江南烟水暝叶聲過小樓句燭暗金猊冷叶送目鳴琴句裁詩挑錦句此恨此情無盡叶夢想洞庭飛下句散入雲濤千頃叶過盡也句奈杜陵人遠句玉關無信叶

與蔡作同。只換頭句五字叶韻，「南」字用平，略異。南宋人俱用此體，録以爲式，整順易填。「遠」字，《陽春白雪》作「遠」。「雁」、「寒」、「洞」必用去聲。「小」用上聲。

又一體百四字

賜御前都統驃騎衛大將軍韓邪　　海陵庶人

旌麾初舉韻正駃騠力健句嘶風江渚叶射虎將軍句落雕都尉句綉帽錦袍翹楚叶怒磔戟髯爭奮句捲地一聲鼙鼓叶笑談頃句合長江齊楚句六師飛渡叶　此去叶無自墮句金印如斗句獨把功名攜取叶斷鎖機謀句垂鞭方略句人事本無今古叶試展卧龍韜蘊句果見成功旦暮叶問江左句想雲霓切望句元黄迎路叶

後段第三句六字，比蔡作多一字。餘同。「力」、「戟」、「卧」必用去聲。

又一體百三字

元夕　　史達祖

月波疑滴韻望天近玉壺句了無塵隔叶翠眼圈花句冰絲織練句黄道寶光相直叶自憐詩酒瘦句難應接豆許多春色叶最無賴句是隨香趁燭句曾伴狂客叶　蹤迹叶漫記憶叶老了杜郎句忍聽東風笛叶柳院燈疏句梅廳雪在句誰與細傾春碧叶舊情拘未定句猶自學豆當年游歷叶怕萬一句誤玉人寒夜句窗際簾隙叶。

前後第七、八句，皆上五、下七字，仿蔡伸作后段，破句法也。「伴」字、「際」字、「玉」字、「杜」字，用去聲，與各家異。「天近玉壺」四字，《絶妙好詞》、《陽春白雪》、《汲古》皆作「玉壺天近」，誤。結句，各本皆缺「窗際」二字。今從《詞源》補正。

又一體百三字

別内　　王特起

東樓歡宴韻記遺簪綺席句題詩紈扇叶月枕雙欹句雲窗同夢句相伴小花深院叶舊歡頓成陳迹句翻作一番新怨叶素秋晚叶聽陽關三疊句一尊相餞叶　留戀叶情繾綣叶紅泪洗妝句雨濕梨花面叶雁底關河句馬頭星月句西去一程程遠叶但願此心如舊句天也不違人願叶再相見叶把生涯分付句藥爐經卷叶

劉祁《歸潛志》云：王正之，少工詞賦有聲，晚年娶一側室，留別一樂章《喜遷鶯》。至今人傳之，詩餘惜不多見。《堯山堂外紀》云：纏綿淒婉，殊令人不能爲懷。與蔡作同。但兩三字句，换頭二字、五字皆叶韻。「綺」、「洗」、「此」必用上聲。「頓」用去聲。

映山紅慢百一字

詠牡丹　　元絳

縠雨風前句占淑景豆名花獨秀韻露國色仙姿句品流第一句春工成就叶羅幃護日金泥皺叶映霞腮動檀痕溜叶長記得豆天上瑶池句閬苑曾有叶　千匝繞豆紅玉闌干句愁只恐豆朝雲難久叶須

欵折豆綉囊剩戴句細把蜂鬚頻嗅叶佳人再拜抬嬌面句斂紅巾捧金杯酒叶獻千千壽叶叶願長恁豆天香滿袖叶

唐教坊曲名有《映山紅》。

此調《詞律》及舊譜皆不載。《詞譜》作元載。考元載乃唐宰相，其時尚無慢曲，詞意亦不類唐人。惟《天籟軒詞譜》作元絳，惜不詳所自。《宋詩紀事》有元絳，熙寧中參知政事。今從之。

「映霞腮」句、「斂紅巾」句，是上三、下四字而五、六字相連。詞中鮮有此句法，當從之。「獻千千壽」句，疑衍一「千」字。「獨」字、「苑」字、「滿」字用仄聲，毋忽。

錦堂春 百一字 或加慢字

司馬光

紅日遲遲句虛堂轉影句槐陰迤邐西斜韻彩筆工夫句難狀晚景烟霞叶蝶尚不知春色句謾繞幽砌尋花叶奈猛風過後句縱有殘紅句飛向誰家叶 始知青春無價句笑飄蓬宦路句荏苒年華句今日笙歌叢裡句特地咨嗟叶席上青衫濕透句算感舊豆何止琵琶叶怎不教人易老句多少離愁句散在天涯叶

《九宮大成》入北詞南吕宫隻曲。

與《錦堂春》小令不同，故另列。或加「慢」字。

「怎不教人易老」句，一本無「人」字。《詞律》作「怎不教人見老」。觀後王作，似當五字爲是。「虛堂轉影」四字，葉「譜」作「虛廊影轉」。「色」字作「去」、「蓬」字作「零」。「轉」、「不」、「猛」、「過」、「縱」，「荏」、「特」、「濕」、「舊」、

「不」可平。「紅」、「飛」、「多」可仄。「教」平聲。

又一體 百字　　柳永

墜髻慵梳句愁蛾懶畫句心緒事事闌珊韻覺新來憔悴句金縷衣寬叶認得這豆疏狂意下句向人誚譬如閑叶把芳容整頓句恁地輕孤句爭忍心安叶　依前過了舊約句甚當初賺我句偷翦雲鬟叶幾時得歸來句香閣深關叶待伊要豆尤雲殢雨句纏綉衾豆不與同歡叶儘更深款款句問伊今後句敢更無端叶

《樂章集》屬林鐘商。

宋本調名《錦堂春》，《汲古》名《雨中花慢》。細按兩調，字句相仿，未知孰是。前後段第四、五、六、七句，句法不同，字數恰合，或破句也。與《雨中花》迥異，當從宋本。「事事」二字，《汲古》作「是事」。「整」字作「陡」，「雲」字作「香」，「綉」字作「鴛」，「敢更」二字作「更散」，俱誤，今從宋本。「纏」去聲。

又一體 百一字

雪梅　　無名氏

臘雪初晴句冰銷凝泮句尋幽閑賞名園韻時向長亭登眺句倚遍朱闌叶拂面嚴風凍薄句滿階前豆

霜葉聲乾叶見小臺深處句數葉江梅句漏泄春權叶　百花休恨開晚句奈韶華瞬恩句常放教先叶非是東君私與句和煦恩偏叶欲寄江南音耗句念故人豆隔闊雲烟叶一枝贈春色句待把金刀句翦倩人傳叶

前段七句七字，比司馬作多一字。「閑」字，一本作「開」，「見」字作「竟」，又缺「時」字，今從《梅苑》。惟「與」字作「語」，誤。「教」平聲。

又一體九十九字

正旦作　葛立方

氣應三陽句氛澄六幕句翔烏初上雲端韻問朝來何事句喜動門闌叶田父占來好歲句星家說道宜官叶擬更憑高望遠句春在烟波句春在晴巒叶　歌管雕堂宴喜句任重簾不捲句交護春寒叶況金釵整整句玉樹團團叶柏葉輕浮重醑句梅枝巧綴新旛叶共祝年年如願句壽過松椿句壽過彭聃叶

前後第六、七句皆六字，與司馬作前段同。兩八句亦六字。後段四句五字，少一字，與前異。此體整齊易從。《汲古》缺「家」字，今從《歷代詩餘》補正。

又一體九十八字

七夕　　王沂孫

桂嫩傳香句榆高送影句輕羅小扇涼生韻正鴛機梭靜句鳳渚橋成叶穿綫人來月底句曝衣花入風庭叶看星殘靨碎句露滴珠融句笑掩雲扃叶　彩盤凝望仙子句但三星隱隱句一水盈盈叶暗想憑肩私語句鬢亂釵横叶蛛網飄然宵恨句玉籤傳點催明叶算人間待巧句似恁匆匆句有甚心情叶

與葛作同。惟後段第四句六字，兩八句各五字，少一字。餘同。

又一體九十六字

中秋　　王沂孫

露掌秋深句花籤漏永句那堪此夕新晴韻正纖塵飛盡句萬籟無聲叶金鏡開奩弄影句玉壺盛水侵稜叶縱簾斜樹隔句燭暗花殘句不礙虛明叶　美人凝恨歌黛句念經年間阻句只恐雲生叶早是宮鞋鴛小句翠鬢蟬輕叶蟾潤妝梅夜發句桂熏仙骨香清叶看姮娥此際句多情又似無情叶

以上二首，俱見《陽春白雪》。尾句六字，比各家少二字，餘同前作。「間」去聲。

傷春怨 四十三字

夢中作　　王安石

雨打江南樹韻一夜花開無數叶緑葉漸成陰句下有游人歸路叶　與君相逢處叶不道春將暮叶
把酒祝東風句且莫恁豆匆匆去叶

他無作者，應是創調。

甘露歌 七十二字　一名古祝英臺

集句詠梅

折得一枝香在手韻人間應未有叶疑是經春雪未消換平今日是何朝叶平　盡日含毫難比
興二換仄都無色可並二叶仄萬里晴天何處來二換平真是屑瓊瑰二叶平　天寒日暮山谷裡三換平的
皪愁成水三叶仄池上漸多枝上稀三換叶唯有故人知三叶平

《九宮大成》入南詞越調正曲，名《祝英臺》。

調見《樂府雅詞》，作三段，平仄換韻。《花草粹編》分三首。《梅苑》不分段，一本分兩段。玩辭意明是一首。無他作可證，當從《雅詞》本。原注即《古祝英臺》，與《祝英臺近》迥不相侔，宜分列。「應」平聲。

千秋歲引 八十二字

別館寒砧句孤城畫角韻一派秋聲入寥廓叶東歸燕從海上去句南來雁向沙頭落叶楚臺風句庾樓月句宛如昨叶　無奈被些名利縛叶無奈被他情擔閣叶可惜風流總閑卻叶當初謾留華表語句而今誤我秦樓約叶夢闌時句酒醒後句思量着叶

此與《千秋歲》不同，與《千秋引》後段同。只第四句少一字，前段起處則迥異。故另列。「派」字，葉《譜》作「片」，「些」字作「他」，「後」字作「處」。「別」、「入」、「燕」、「總」可平。「秋」、「風」可仄。「擔」去聲。「醒」平聲。

桂枝香 百一字

金陵懷古

登臨送目韻正故國晚秋句天氣初肅叶千里澄江似練句翠峰如簇叶征帆去棹斜陽裡句背西風豆酒旗斜矗叶彩舟雲淡句星河鷺起句畫圖難足叶　念自昔豆豪華競逐叶嘆門外樓頭句悲恨相續叶千古憑高對此句謾嗟榮辱叶六朝舊事隨流水句但寒烟豆衰草凝緑叶至今商女句時時猶唱句後庭遺曲叶

《九宫大成》入北詞仙吕調隻曲，許《譜》入仙吕宫。

《古今詞話》云：金陵懷古，諸公寄調《桂枝香》者三十餘家，獨介甫爲絶唱。東坡見之嘆曰：「此老乃野狐精也」。愚按：此説可見調不始于王作。餘皆不傳，以此首爲最先，故繫於此。「晚」、「氣」、「盡」、「競」、「恨」、「草」、「後」等字仄聲，勿誤。前後段第四、五句，陳亮、張炎作上四、下六字，可不拘。「斜」字，葉《譜》作「殘」、「隨」字作「如」。

又一體 百字

雲洞賦桂　周密

岩扉逗緑韻又涼入小山句千樹幽馥叶仙影懸霜句粲夜楚宮六六叶明霞洞窅珊瑚冷句對清商豆吟思堪掬叶麝痕微沁句蜂黄淺約句數枝秋足叶　別有雕闌翠屋叶任滿帽珠塵句拚醉香玉叶瘦倚西風句誰見露肌侵粟叶好秋能幾花前笑句繞涼云豆重换銀燭叶寶屏空曉句孤叢怨月句夢回金谷叶

後起句六字，比王作少一字。「换」字，《笛譜》作「唤」，「孤」字作「珍」。今從《草窗詞》。「小」、「樹」、「數」、「翠」、「醉」、「换」、「夢」等字用仄聲，勿誤。

又一體 百一字

題寫韻軒　詹玉

紫薇花露韻瀟灑作涼雲句點商勾羽叶字字飛仙句下筆一簾風雨叶江亭月觀今如許叶嘆飄零豆

墨香千古叶夕陽芳草句落花流水句依然南浦叶　甚兩兩凌風駕虎叶恁天孫標致句月娥眉嫵叶一笑生春句那學世間兒女叶筆牀硯滴曾窺處句有西山豆青眼如故叶素箋寄與句玉簫聲徹句鳳鳴鸞舞叶

前後第六句皆叶韻，與王作異。前段次句句法微異。「駕」、「眼」、「鳳」必用仄聲。「依」亦宜仄。

又一體百一字

過溧水感羊角哀左伯桃遺事　　鞠花翁

丁丁起處韻在縱牧九京句經燒殘樹叶時見烏鳶饑噪句鵂鶹妖呼叶數椽老屋圍荒堵叶算何人豆瓣香來炷叶淡烟斜照句閑花野棠句杳杳年度叶　世事幾番雲覆雨叶獨此道嫌人句拋棄塵土叶眼裡長青句誰也解如山否叶三三五五騎牛伴句望前村豆吹笛歸去叶柳青梨白句春濃月淡句踏歌椎鼓叶

前段第六句叶韻，後段不叶，或于五字叶。下作六字句，換頭句亦七字，作上四、下三，句法略異。「棠」字不當用平，或是「草」字之訛。「燒」、「杳」、「覆」、「棄」、「笛」、「踏」必用仄。「棠」亦宜仄。「燒」爲上聲。「呼」、「笛」、「踏」作去聲。

疏簾淡月 百一字

張輯

梧桐雨細韻漸滴做秋聲句被風驚碎叶潤逼衣篝句線裊蕙爐沈水叶悠悠歲月天涯醉叶一分秋豆一分憔悴叶紫簫吹斷句素箋恨切句夜寒驚起叶　又何苦豆淒涼客裡叶負草堂春緑句竹溪空翠叶落葉西風句吹老幾番塵世叶從前諳盡江湖味叶聽商歌豆歸興千里叶露侵宿酒句疏簾淡月句照人無寐叶

《九宮大成》入南詞仙吕宮引，與本宮正曲不同。許《譜》同。此以結句立名。原注《寓桂枝香》，考張輯《東澤綺語債》一鄭，皆以詞句立新名，與本調毫無區別。獨此調舊譜皆分南北詞各列，蓋改入聲韻爲上去聲也。《九宮大成譜》已明言之。《詞律》不講宫調，以爲不當分體，然其字句亦有不同。前後段四、五句作上四、下六字，六句皆叶韻。後段次句平仄反，於王詞「晚氣恨」三字用平，略異。作者用入聲韻從前體，用去上韻從此體可也。「夜」、「客」、「興」、「照」用仄，勿誤。

喜長新 四十七字

王益柔

秋風朔吹曉徘徊韻雪照樓臺叶梁王宴召有鄒枚叶相如獨逞雄才叶　明燭熏爐香暖句深勸金杯叶庭前艷粉有寒梅叶一枝昨夜先開叶

唐教坊曲名。

「風」字一作「雲」。「雄」字，《詞譜》作「英」。「艷粉」二字，一作「粉艷」。

望南雲慢百四字　　沈公述

木葉輕飛句乍雨歇亭皐句簾捲秋光韻闌隈砌角句綻拒霜幾處句蓓深淺紅芳叶應恨開時晚句伴翠菊豆風前並香叶曉來清露句嫩臉低凝句似帶啼妝叶　堪傷叶記得佳人句當時怨別句盈腮粉淚行行叶而今最苦句奈千里身心句兩處淒涼叶感物成消黯句念舊歡豆空勞寸腸叶月斜殘漏句夢斷孤幃句一枕思量叶

調見《樂府雅詞》。他無作者，自是創製。《詞律》失收。「風前並香」，「空勞寸腸」，用平平去平，是此調着眼處，作者切勿臆改。「蓓」字原本作「蓓」，當是蓓蕾之「蓓」。《詞譜》無「蓓」字。余謂「處」字當是誤多。「清」字，一本作「寒」。「應」去聲。

家山好五十七字　　水晶

掛冠歸去舊烟蘿韻閑身健句養天和叶功名富貴非由我句莫貪他叶這歧路豆足風波叶　宮裡家山好句物外勝游多叶晴溪短棹句時時醉唱裡梭羅叶天公奈我何叶

調見《湘山野録》，以換頭句爲名。各本皆無名氏，獨葉《譜》爲沈公述作，從之。《詞律》不收。

「我」字似以仄叶平，存參。「捏梭羅」想是曲名，其義未詳。

霜葉飛 百十一字

波　唐

霜林凋晚句危樓迥豆登臨無限秋思韻望中閑想句洞庭波面句亂紅初墜叶更蕭索豆風吹渭水叶長安飛舞千門裡叶變景催芳謝句唯剩有豆蘭衰暮叢句菊殘餘蕊叶　回念花滿華堂句美人一去句鎮掩香閨經歲叶又觀珠露句碎默蒼苔句敗梧飄砌叶謾贏得豆相思眼淚叶東君早作歸來計叶便莫惜豆丹青手句重與芳菲句萬紅千翠叶

《填詞名解》云：大石調曲，波唐作。

張舜民《畫墁録》云：波唐善詞曲，始爲楚州職官。知州胡楷差打蝗蟲，唐不堪其役，作《蝗蟲三疊》，觸楷怒，坐贓三十年。至熙寧改官，辟充大名府僉判。作《霜葉飛》，觸介甫怒。會河決曹村，唐遂替。久之，王廣淵辟爲渭州僉判，作《雨中花》，廣淵聞之亦怒。唐不自安，竟卒。

李清照云：沈唐、元絳、晁次膺輩，雖時時有妙語，破碎何足名家。

此詞見《樂府雅詞》爲沈唐作。《詞綜》云：或作波，非。《碧鷄漫志》爲沈公述作。《歷代詩餘》：無名氏。愚按：「沈」字定是「波」字之訛，皆以姓僻，故誤改耳。餘詳《剔銀燈》波子山作下。

「唯剩有」句，《歷代詩餘》缺「剩」字，照各家應三字。「回念花滿華堂」句六字，《詩餘》作「念花滿堂時自」，缺「回」字，多，「自」字。據各家亦應六字。「便莫」二字作「須莫」，今從《雅詞》本。「眼淚」二字，《雅詞》作「淚眼」，失叶，從葉《譜》改。《碧鷄漫志》作「甚了」。「限」、「渭」、「水」、「暮」、「菊」、「眼」、「淚」、「萬」等字皆仄聲，勿誤。「菊」作去聲。

又一體百十一字　　周邦彦

露迷衰草韻疏星掛句涼蟾低下林表叶素娥青女鬥嬋娟句正倍添悽悄叶漸颯颯豆丹楓撼曉叶橫天雲浪魚鱗小叶見皓月相看句又透入豆清輝半晌句特地留照叶　迢遞望極關山句波穿千里句度日如歲難到叶鳳樓今夜聽秋風句奈五更愁抱叶想玉匣豆哀弦閉了叶無心重理相思調叶念故人豆牽離恨句屏掩孤顰句淚流多少叶

前後段第四、五句，一七、一五字，首句起韻，與前異。「見皓月」句，平仄亦異。「正倍添」句，「奈五更」句，是一領四字句法。吴文英作異，張炎二首同。「特地留照」，「地」字，張二首同吴用平聲。「下」、「半」、「歲」、「淚」四字必去聲，「撼曉」、「閉了」必用去上，各家同。勿誤。「日」字，各家用入，只張作一首用平。「故人」「人」字方、張皆用入，吴用平。《詞律》云：皆以入作平，是。又云：首句宜七字，《圖譜》於「草」字起韻，誤甚。查吴用「緒」字，張三首皆起韻，只方千里和詞不用韻。《詞律》誤讀。「晌」字，《詞律》作「晌」，刻誤。「愁」字，葉《譜》作「懷」。「看」、「特」、「日」作平聲。「晌」、「望」、「鳳」、「五」可平。「青」、「橫」、「波」、「人」、「屏」可仄。

又一體百九字

次周美成韻　方千里

寒雲垂地句堤烟重句燕鴻初度江表韻露荷風柳向人疏句臺榭還清悄叶恨脈脈豆離情怨曉叶相思魂夢銀屏小叶奈倦客征衣句自遍拂塵埃句玉鏡羞照叶　無限靜陌幽坊句追歡尋賞句未落人後先到叶少年心事轉頭空句況老來懷抱叶儘緑葉豆紅英過了叶離聲慵整當時調叶問麗質豆從憔悴句消減腰圍句似郎多少叶

首句不起韻。「自遍拂」句五字，比周作少二字。方、陳和詞往往增減一二字，不解何故。或無礙歌喉，可以不拘字數耶？「老來」二字，一作「近春」。「度」、「怨」、「玉」、「後」、「過」、「似」必用仄，勿誤。「落」作平聲。「玉」作去聲。

又一體百十字　張炎

悼澄江吴立齋。南塘、不礙雲山，皆其亭名。

故園空杳韻霜風勁句南塘吹斷瑶草叶已無清氣礙雲山句奈此時懷抱叶尚記得豆修門賦曉叶杜陵花竹歸來早叶傍雅亭幽榭句慣款語英游句好懷無限歡笑叶　不見换羽移商句杏梁塵遠句可憐都付殘照叶坐中泣下最誰多句嘆賞音人少叶悵一夜豆梅花頓老叶今年因甚無詩到叶待喚起清魂句説與淒涼句定應愁了叶

前結一五、一六字，後結「待喚起清魂」句五字，比各家少一字。《宋七家詞選》作「待喚醒清魂起」，云原作於「起」字下注，一作「醒」。予故臆斷其爲「醒起」二字俱不可少，方合句法。愚按：明劉基一首亦作五字，故存此一體。「斷」、「賦」、「曉」、「好」、「限」、「付」、「頓」、「老」、「定」用仄，勿誤。「應」用平聲。

鬥嬋娟百十一字

張炎

故園荒没，歡事去心，有感而作。

舊家池沼韻尋芳處句從教飛燕頻繞叶一灣柳護水房春句看鏡鸞窺曉叶暈宿酒豆雙蛾淡埽叶羅襦飄帶腰圍小叶盡醉方歸去句又暗約豆明朝鬥草叶誰解先到叶　心緒亂若晴絲句那回游處句墜紅爭戀殘照叶近來心事漸無多句尚被鶯聲惱叶便白髮豆如今縱少叶情懷不似前時好叶謾佇立豆東風外句愁極還醒句背花一笑叶

因周詞有「鬥嬋娟」句，故名。平仄字句無異，實是一調，宜附列。「尋芳處」三字，一作「簾下休」，「酒」字作「粉」，「晴」字用「游」。「漫佇立，東風外」六字，一作「慢重省燕臺句。「教」平聲。

憶悶令四十五字

晏幾道

取次臨鸞勻畫淺韻酒醒遲來晚叶多情愛惹閒愁句長黛眉低斂叶　月底相逢見叶有深深良

願叶願期信豆似月如花句須更教長遠叶

《九宫大成》入南詞高大石調引，許《譜》同。

兩結句是一領四字句。《詞律》謂「醒」字讀平，與後段同。不知前段是上二、下三字，後段是上一、下四字，是以不同。又以「期」字誤多，皆無他作爲證。「教」字，《汲古》作「交」。以下諸調，俱見《小山詞》。前無作者，自是創製。

望仙樓 四十七字

小春花信日邊來句冰上江梅先坼韻今歲東君消息叶還自南枝得叶　素衣染盡天香句玉酒添成國色叶一自故溪疏隔叶腸斷長相憶叶

此與《望仙門》無涉。

《梅苑》名《胡搗練》，舊譜遂合爲一調。愚按：晏殊作《胡搗練》，後段起句七字，與此不同。何得合併？「國」字，《汲古》作「團」，誤。

慶春時 四十八字

倚天樓閣句昇平風月句彩仗春移韻鸞絲鳳竹句長生調裡句迎得翠輿歸叶　雕鞍游罷句何處還有心期叶濃熏翠被句深停畫燭句人約月西時叶

《九宮大成》入南詞羽調引。

《小山詞》：凡二首，慶賞春時燕樂之詞。

「閣」字，葉《譜》作「殿」。「倚」、「彩」可平。「樓」可仄。

喜團圓 四十八字 一名與團圓

危樓靜鎖句窗中遙岫句門外垂楊韻珠簾不禁春風度句解偷送餘香叶 眠思夢想句不如雙燕句得到蘭房叶別來只是句憑高淚眼句感舊離腸叶

《九宮大成》入南詞羽調引。

《花草粹編》：無名氏作有「願與個團圓」句，名《與團圓》。一作晏殊，查《珠玉詞》無此闋。

前結句是一領四字句。《遙》字，《汲古》作「迢」，葉《譜》作「列」。

又一體 四十五字 無名氏

輕攢碎玉句玲瓏竹外句脫去繁華韻殢東君句先點破句壓群花叶 瘦影生香句黃昏月館句清淺溪沙叶仙標淡濘句偏宜幺鳳句肯帶棲鴉叶

見《梅苑》。前結三句各三字，與晏作異。恐有脫誤。

鳳孤飛四十九字

一曲畫樓鐘動句宛轉歌聲緩韻綺席飛塵座滿叶更小待豆金蕉暖叶　細雨輕寒今夜短叶依前是豆粉牆別館叶端的歡期應未晚叶奈歸雲難管叶

此調別無他作，悉宜謹守。兩結句是一領四字句。「應」平聲。

留春令五十字

畫屏天畔句夢回依約句十洲雲水韻手撚紅箋寄人書句寫無限豆傷春事叶　別浦高樓曾漫倚叶對江南千里叶樓下分流水聲中句有當日豆憑高淚叶

前無作者。「手撚」句，「樓下」句，用仄（平）仄平平仄平平，勿誤。「十」可平。「無」、「江」、「樓」、「當」可仄。

又一體五十四字　黄庭堅

江南一雁橫秋水韻嘆咫尺豆斷行千里叶回文機上字縱橫句欲寄遠豆憑誰是叶　謝客池塘春

都未叶微微動豆短牆桃李叶半陰纔暖卻清寒句是瘦損人天氣叶

與前作全不合，應是誤寫調名。與賀鑄《迎春樂》相似，然前段次句多一字，後三句多二字，亦不合。

又一體五十字 李之儀

夢斷難尋句酒醒猶困句那堪春暮韻香閣深沉句紅窗翠暗句莫羨顛狂絮叶 綠滿當時攜手路叶懶見同歡處叶何時卻得句珠簾畫閣句盡訴情千縷叶

兩結兩四、一五字，與晏作異。「珠簾畫閣」四字，《汲古》作「低幃昵枕。」

又一體五十二字 沈端節

舊家元夜句追隨風月句連宵歡宴韻被閒瞞豆引得寸心裡句一似蛾兒轉叶 而今百事心情懶叶燈下幾曾忺看叶算靜中豆惟有窗前梅影句合是幽人伴叶

前段第三句八字，後段二三句比李作各多一字，而句法平仄亦不同。「閒瞞」二字，《汲古》作「那懣」，「寸心」二字作「滴流」，「前」字作「閑」，俱誤。

思遠人 五十一字

紅葉黃花秋意晚句千里念行客韻飛雲過盡句歸鴻無信句何處寄書得叶　淚彈不盡臨窗滴叶就硯旋研墨叶漸寫到別來句此情深處句紅箋爲無色叶

此以本意立名，與《思越人》無涉。

「念」、「寄」、「旋」、「爲」四字，必去聲，勿誤。此與趙長卿《探春令》句法相仿，所不同者在此。「飛雲」句上，葉《譜》多「看」字。

好女兒 六十二字

綠遍西池韻梅子青時叶儘無端豆盡日東風惡句更霏微細雨句惱人離恨句滿路春泥叶　應是行雲歸路句有閒淚豆灑相思叶想旗亭豆望斷黃昏月句又依前換了句紅箋香信句翠袖歡期叶

《詞名集解》云：本名《陌上桑》，以晏小山詞爲正，與黃庭堅《好女兒》爲《相思兒令》之別名不同。向皆分列，今從之。

《詞律》以「儘」、「想」二字必上聲，「盡」、「望」二字必去聲，「細雨」、「換了」必去上聲。考晏二首，賀鑄三首，皆不盡然。但「舠」、「想」、「盡」、「望」四字自當用仄聲，而「細雨」、「換了」兩家皆不同。此等三排句，總以平仄不犯重爲起調。雖余妄論，查各名家詞頗合。說詳《訴衷情》、《水龍吟》等調下。惟「有閒淚」三字，宜仄平仄，只賀一首用

「從今夜」，差異。「緑」、「惱」、「滿」、「有」、「换」、「翠」可平。「梅」、「離」、「應」、「行」、「依」、「紅」、「香」可仄。

解佩令六十七字

玉階秋感句年華暗去韻掩深宫豆團扇無情緒叶記得當時句自剪下豆機中輕素叶點丹青豆畫成秦女叶　涼襟猶在句朱顔未改句忍霜紈豆飄零何處叶自古悲涼句是情事豆輕如雲雨叶倚幺弦豆恨長難訴叶

以本意爲名，前無作者。

「畫」、「恨」二字必去聲，勿忽。「記」、「剪」、「未」、「自」、「事」可平。「年」、「飄」、「情」可仄。

又一體六十六字

王庭珪

湘江停瑟韻洛川回雪叶是耶非豆相逢飄瞥叶雲鬟風裳句照心事豆娟娟山月叶剪烟花豆帶蘿同結叶　留環盟切叶貽珠情徹叶解攜時豆玉聲愁絶叶羅襪塵生句早波面豆春痕欲滅叶送人行豆水聲淒咽叶

兩起句、後次句，皆用韻。前段第三句比晏作少一字。「蘿」字，葉《譜》作「羅」。「帶」、「水」用仄，勿誤。「欲」字作平聲。

又一體六十六字　　無名氏

蕙蘭無韻句桃李堪埽韻都不數豆凡花閒草叶對月臨風句長是伊豆故來相惱叶和魂夢豆披他香到叶　江頭隴畔句争先占早叶一枝枝豆看來總好叶似恁風標句待發願豆春前祈禱叶祝東君豆放教不老叶

見《梅苑》，原注或作許冲元。

兩起句皆不叶韻，餘同王作。「放」必用仄。「披」字宜仄，或是「被」字之訛。「教」平聲。「不」作平。

又一體六十五字

春　　蔣　捷

春晴也好韻春陰也好叶著些春雨也好叶春雨如絲句綉出花枝紅裊叶怎禁得豆孟婆合皂叶梅花風小叶杏花風小叶海棠風豆驀地寒峭叶歲歲春光句被二十四番風吹老叶楝花風豆爾且慢到叶

前段第三、五句各少一字，後段第五句多一字。《汲古》、《詞律》於「著些」下多「兒」字，尚可。「番」字缺，則「二十四風」不成語矣。「被」字當是襯字。「春雨也」三字，《草堂》作「春雨越」，今從《歷代詩餘》本。「孟」、「爾」必用仄。「也」、「合」、「且」作平聲。

歸田樂六十八字

試把花期數韻便早有豆感春情緒叶看即梅花吐叶願花更不謝句春且長住叶只恐去叶　春去叶花開還不語叶此意年年春會否叶絳唇青鬢句漸少花前語叶對花又記得句舊曾游處叶門外垂楊未飄絮叶

黄庭堅詞加「引」字，又一首加「令」字。

此調各家皆不合。姑按時代序列，不知何人創始。

「語」字重叶。「只恐去」句當七字，定有脱誤。

又一體七十三字

黄庭堅

對景還消受韻被個人豆把人調戲句我也心兒有叶憶我又喚我句見我瞋我句天甚教人怎生受叶　看承幸則勾叶又是尊前眉峰皺叶是人驚怪句冤我忒撋就叶拚了又捨了句一定是這回休了句及至相逢又依舊叶

《山谷詞》名《歸田樂引》。

與晏作略同。只前結多四字，後起少二字，又多「一定是」三字。

愚按：俳詞創自耆卿，而山谷尤甚。兹因此調體格難定，録以備考。

又一體五十字

蔡伸

風生蘋末蓮香細韻新浴晚涼天氣叶猶自倚朱闌句波面雙雙彩鴛戲叶　鸞釵委墜雲堆髻叶誰會此時情意叶冰簟玉琴横句還是月明人千里叶

此首前後整齊，與各家皆異。「猶」字，葉《譜》作「獨」、「墜」字作「墮」。「月明」二字，《汲古》作「明月」。

又一體七十一字

無名氏

水繞溪橋緑韻泛蘋汀豆步迷花曲叶衣巾散餘馥叶種竹更洗竹叶詠竹題竹叶日暮無人伴幽獨叶光陰雙轉轂叶可惜許豆等閑愁萬斛叶世間種種句只是榮和辱叶念足又願足叶意足心足叶忘了眉頭怎生蹙叶

見《陽春白雪》，不著名氏。

此與黄作同。只後段次句多一字，六句少三字，整齊可從。葉《譜》於「種竹」、「念足」斷句，未確。

又一體五十字　　晁補之

春又去句似別佳人幽恨積韻閑庭院句翠陰滿句添晝寂叶一枝梅最好句至今憶叶　正夢斷豆爐烟裊句參差疏簾隔叶爲何事豆年年春恨句問花應會得叶

《九宫大成》入南詞小石調正曲。許《譜》同。

此與前作迥異。

又一體四十四字　　黄庭堅

引調得甚句近日心腸不戀家韻寧寧地豆思量他叶思量他叶兩情各自肯甚忙句　咱意思裡句莫是賺人吵叶噉奴真個啰句共人啰句

《山谷詞》名《歸田樂令》。

此用平韻，句法與晁作略同。前結句或於「咱」字住，以仄叶平，與晁正合。後結當有缺文。「啰」字俟考。

愚按：晁作與此作當名《歸田樂令》，其餘當名《歸田樂引》。未知是否，故雖俳體，録之以存其名。

風入松 七十四字　一名遠山横

柳陰庭院杏梢牆韻依舊巫陽叶鳳簫已遠青樓在句水沉難復暖前香叶臨鏡舞鸞離照句倚箏飛雁辭行叶　墜鞭人意自淒涼叶淚眼回腸叶斷雲殘雨當年事句到如今豆幾處難忘叶兩袖曉風花陌句一簾夜月蘭堂叶

《宋史・樂志》太宗製，林鐘商。《高拭詞》注仙呂調，又雙調。蔣氏《十三調譜》注雙調。《九宮大成》有「慢」字，入南詞仙呂宮引，與本宮正曲不同。又入北詞雙角，一名《遠山横》。《風俗通》：河間雜歌二十一章内有此名，古琴曲亦有此名。唐僧皎然有《風入松》歌行。《全唐詩》注晉嵇康作。韓淲詞有「小樓春映遠山横」句，名《遠山横》。「柳」、「鳳」、「已」、「復」、「舞」、「倚」、「淚」、「幾」、「曉」、「一」、「夜」可平。「庭」、「依」、「沉」、「臨」、「殘」、「如」、「花」可仄。

又一體 七十二字　康與之

碧苔滿地襯殘紅韻綠樹陰濃叶曉鶯啼破眉心事句舊愁新恨重重叶翠黛不忺重埽句佳時每恨難同叶　花開花謝任東風叶此恨無窮叶夢魂擬逐楊花去句殢人休下簾櫳叶要見只憑清夢句幾時真個相逢叶

前後段第四句各六字，與各家異。

又一體七十三字　康與之

一宵風雨送春歸韻綠暗紅稀叶畫樓鎮日無人到句與誰同撚花枝叶門外薔薇開也句枝頭梅子酸時叶　玉人應是數歸期叶翠斂愁眉叶塞鴻不到雙魚遠句嘆樓前豆流水難西叶新恨欲題紅葉句東風滿院花飛叶

前段第四句六字，與前兩作異。《詞律》云：宜添「好」字，不應作六字。考宋人各體多有不同，何能拘泥。

又一體七十六字

西湖　侯寘

少年心醉杜韋娘韻曾格外疏狂叶錦箋預約西湖上句共幽深豆竹院松窗叶愁夜黛眉顰翠句惜歸羅帕分香叶　重來一覺夢黃粱叶空烟水微茫叶如今眼底無姚魏句記舊游豆凝佇淒涼叶入扇柳風殘酒句點衣花雨殘陽叶

兩次句各五字，與前異。俞國寶一首與此同，但用上二、下三字，句法可不拘。

又一體七十五字

雲麓園堂宴客　吴文英

一番疏雨洗芙蓉韻玉冷丁東叶轆轤聽帶秋聲轉句早涼生豆傍井疏桐叶歡宴良宵好月句佳人修竹清風叶　臨池飛閣乍青紅叶移酒小垂虹叶貞元供奉梨園曲句稱十香豆深蘸璃鍾叶醉夢孤雲曉色句笙歌一派秋空叶

前段次句四字，後段五字，與前異。明人戈止一首與此同。《汲古》於「玉冷」下有「珮」字，缺「疏」字。「稱」去聲。

又一體七十五字

爲友人訪琴客賦　吴文英

春風吴柳幾番黄韻歡事小鸞窗叶梅花正結雙頭夢句玉龍吹散幽香叶昨夜燈前歛黛句今朝陌上啼妝叶　最憐無侶伴雛鶯句桃葉已春江叶曲屏先暖鴛衾慣句夜寒深豆都是思量叶莫道藍橋路遠句行雲只隔幽坊叶

與康第二首同。只前後段次句皆五字，後起句不叶韻。「鶯」字或作「盎」，平聲讀，亦泥。「玉龍」下應落字。

泛清波摘遍 百六字

催花雨小句著柳風柔句都似去年時候好韻露紅烟緑句儘有狂情鬥春早叶長安道叶鞦韆影裡句絲管聲中句誰放艷陽輕過了叶倦客登臨句暗借光陰恨多少　楚天渺叶歸思正如亂雲句短夢未成芳草叶空把吳霜點鬢華句自悲清曉叶帝城杳叶雙鳳舊約漸虛句孤鴻後期難到叶且趁朝花夜月句翠尊頻倒叶

《宋史·樂志》林鐘商大曲，俗名小石調。又云：每上元觀燈，上巳、端午觀水嬉，皆奏大曲，凡十三。五曰《泛清波》。

《夢溪筆談》云：凡曲每解有數疊者，截而用之，謂之「摘遍」。此蓋摘《泛清波》之一遍也。愚按：此本大曲，摘遍者，摘其一遍也。與《薄媚摘遍》同例。詞之以「摘遍」名者始此。惜原套曲不傳，不知所摘第幾遍耳。

「去」、「候」、「露」、「鬥」、「艷」、「過」、「倦」、「恨」、「正」、「亂」、「未」、「鬢」、「自」、「舊」、「漸」、「後」、「夜」「翠」等字用去聲。「好」、「早」、「少」、「曉」、「倒」等字用上聲。「楚」、「帝」二字用仄聲。均不可易。《詞律》云：當是四段，無據。「鬢華」上缺「點」字，又以「華」字改「影」字，更謬。《詞匯》、《汲古》於前結作八字，「光」字上誤多「花」字，「舠」字作「盡」，均誤。今從《詞譜》訂正。

愚按：《詞律》謂「露紅」二句，唱時平平帶過，去聲縱，上聲收等論，凡度曲四聲唱準，方能鏗鏘入聽。蓋填時已按譜分別輕清重濁，自有抑揚頓挫之妙，非文筆之收縱也。曲理如是，填詞亦然。按譜填準，加以工尺，可被歌喉。萬氏每謂詞與曲不同，故偶於此發明之。

探春令 五十二字

緑楊枝上曉鶯啼句報融和天氣韻被數聲豆吹入紗窗裡叶又驚起豆嬌娥睡叶 緑雲斜嚲金釵墜叶惹芳心如醉叶爲少年濕了句鮫綃帕上句都是相思淚叶

此調《小山詞》不載，恐誤寫人名。當是徽宗創製，姑繫於此。

《開元天寳遺事》云：都人士女每至正月半後，各乘車跨馬，供帳於園圃或郊野中，爲探春之宴。兩次句是一領四字句。結處，葉《譜》於「帕」字句，非。「爲」去聲。

又一體 五十一字　一名昇平世

趙　佶

簾旌微動句峭寒天氣句龍池冰泮韻杏花笑吐香紅淺叶又還是豆春將半叶 清歌妙舞從頭按叶等芳時開宴叶記去年對著句東風曾許句不負鶯花願叶

《九宫大成》入南詞仙吕宫引。

韓淲詞有「景龍燈火昇平世」句，名《昇平世》。《九宫》一名《景龍燈》。

《能改齋漫録》云：徽宗天才甚高。詩文之外，尤工長短句。嘗爲《探春令》云云。

此與晏作《留春令》相似。然結句不同，平仄亦異。一本於「年」字豆，「風」字句，亦可通。今從《詞律》，各家皆如此讀。

又一體五十二字

劉伯玉生辰　楊无咎

東風初到句小梅枝上句又驚春近韻料天臺不比句人間日月句桃萼紅英暈叶　劉郎浪迹憑誰問叶莫因詩瘦損叶怕桑田變海句仙源重返句老大無人認叶

前結句法與徽宗作異，餘同。

又一體五十二字　楊无咎

梅英粉淡句柳梢金軟句蘭芽依舊韻見萬家豆燈火明如畫叶正人月豆圓時候叶　挨香傍玉偷攜手叶儘輕衫寒透叶聽一聲畫角催殘漏叶惜歸去豆頻回首叶

前起同徽宗作，前結與晏作同，惟後結又異。沈端節《留春令》與此相似，只兩結各五字，少一字。

又一體五十二字　楊无咎

雪梅風柳句弄金鈎粉句峭寒猶淺韻又還近豆三五銀蟾滿叶漸玉漏豆聲初短叶　尊前重約年

時伴叶揀燈詞先按叶便直饒豆心似蛾兒撩亂叶也有春風管叶

前段同前作。後段第三句九字，四句五字。又一體也。

又一體五十二字

立春　　趙長卿

數聲回雁韻幾番疏雨句東風回暖叶甚今年豆立得春來晚叶過人日豆方相見叶　縷金幡勝教先辦叶着工夫裁剪叶到那時睹當句須教滴惜句稱得梅妝面叶

前段同楊第二首，後段同徽宗作。「當」、「稱」去聲。「教」平聲。

又一體五十二字

早春　　趙長卿

笙歌間錯華筵啟韻喜新春新歲叶菜傳纖手句青絲輕細叶和氣入豆東風裡叶　幡兒勝兒都姑娣叶戴得更忔戲叶願新春已後句吉吉利利叶百事都如意叶

前起同晏作。惟第三、四句作兩四字句，與各家異。後段同徽宗作。「吉」作平。

又一體五十二字

元夕　趙長卿

去年元夜正錢塘句看天街燈火句鬧蛾兒轉處韻熙熙語笑句百萬紅妝女叶　今年肯把輕辜負叶列熒煌千炬叶趁閒身未老句良辰美景句款醉新歌舞叶

前段與各家異，後段同晏作。「火」字當叶，應有錯誤。或次三兩句誤倒。「火」宜叶。

又一體五十二字

尋春　趙長卿

新元纔過句漸融和氣韻先到簾幃換平叶謾閑繞豆柳徑花蹊裡仄叶探看試仄叶春來未仄叶　年時曾把春拋棄仄叶與春光陪淚仄叶待今春日日句花前沉醉仄叶款細偎紅翠仄叶

體格與第一首同。惟次句起韻，三句換平叶，通首平仄互叶體。

又一體五十一字

春怨　蔣捷

玉窗蠅字記春寒句滿茸絲紅處韻畫翠鴛豆雙展金蝴翅叶未抵我豆愁紅膩叶　芳心一點天涯

去叶絮濛濛遮住叶對花彈玩纖瓊指叶爲粉靨豆空彈淚叶

前段同晏作，後段同楊第一首。只後段第三句少一字。支時韻與魚虞並叶，未免太雜。

撲蝴蝶 七十七字 或加近字

烟條雨葉句綠遍江南岸韻思歸倦客句尋春來較晚叶岫邊紅日初斜句陌上花飛正滿叶淒涼數聲羌管叶　怨春短叶玉人應去句明月樓中畫眉懶叶鸞箋錦字句多時魚雁斷叶恨隨去水東流句事與行雲共遠叶羅衾舊香猶暖叶

《九宮大成》入南詞黄鐘宮正曲，或加「慢」字。

周密《癸辛雜識》云：吴有小妓善舞《撲蝴蝶》，想是舞曲。

邵叔齊詞加「近」字。

《苕溪漁隱叢話》云：舊詞高雅，非近世所及。如《撲蝴蝶》一詞，不知誰作，非惟藻麗可喜，其腔調亦自婉美。《詞統》云：無名氏有《撲蝴蝶》詞一篇，情景周摯。换頭句逼真周、秦之先聲也。愚按：各本皆缺名，或爲五代人作。惟《樂府雅詞》作晏小山，今從之。

「倦」、「較」、「正」、「數」、「怨」、「畫」、「錦」、「雁」、「共」、「舊」等仄聲字，勿誤。「怨春短」，各本俱屬上段，「時」字作「少」，皆誤。

又一體七十七字　呂渭老

分釵綰髻句洞府難分手韻離觴短闋句啼痕冰舞袖叶馬嘶霜滑句橋回路轉句人依古柳叶曉色漸分星斗叶　怎分剖叶心兒一似句傾入離愁萬千斗叶垂鞭佇立句傷心還病酒叶十年夢裡嬋娟句二月花梢荳蔻叶春風爲誰依舊叶

前段第五、六、七句各四字，與各家異，破句法也。「斗」字重叶。「回」字，《汲古》作「横」，「梢」字作「中」，誤。呂又一首，前結句多一字，是衍誤。「短」、「舞」、「古」、「漸」、「怎」、「萬」、「佇」、「病」、「荳」、「爲」皆仄聲，勿誤。

又一體七十五字　趙彥端

清和時候句薰風來小院韻琅玕脱籜句方塘荷翠颭叶柳絲輕度流鶯句畫棟低飛乳燕叶園林緑陰初遍叶　景何限叶輕紗細葛句綸巾和羽扇叶披襟散髮句心清塵不染叶一杯洗滌無餘句萬事消磨去遠叶浮名薄利休羨叶

《汲古》爲趙師俠作。「景何限」三字屬上段。

前段次句平仄反。後段第三句五字，比晏作少二字。「脱」、「翠」、「乳」、「景」、「散」、「不」、「去」、「薄」等字必用仄。

真珠髻 百五字

紅梅

重重山外句冉冉流光句又是殘冬時節韻小園幽徑句池邊樓畔句翠木嫩條春別叶纖蕊輕苞句粉蕚染豆猩猩鮮血叶乍幾日豆好景和風句次第一齊催發叶　天然香艷殊絶叶比雙成皎皎句倍增芳潔叶去年因遇句東歸驛使句贈遠憶曾攀折叶豈謂浮雲句終不放豆滿枝明月叶但嘆息豆時欽金鍾句更繞重重繁雪叶

南渡典儀，賜筵樂次，其三曰《真珠髻》。

調見《梅苑》、《花草粹編》、《詞譜》，俱缺名。《小山詞》不載。愚按：辭意不類小山，姑從《陽春白雪》本。《詞律》未收。

《梅苑》缺「驛」字、「增」字。《粹編》「浮雲」下多「始」字，「贈遠」句作「指增遠恨意曾攀折」，皆誤。「鮮」字，葉《譜》作「紅」，今從《詞譜》訂正。

天香引 五十四字　一名秋風第一枝　廣寒秋　折桂令　蟾宮曲　蟾宮引　天香第一枝　步蟾宮

游嘉禾南湖　文同

三月三豆花霧吹晴韻見麟鳳滄洲句鴛鷺沙汀叶華鼓清簫句紅雲蘭棹句青紵旗亭叶　細看來豆春風世情叶都分在豆流水歌聲叶剪燕嬌鶯句冷笑詩仙句擊楫揚舲叶

《中原音韻》注雙調。《九宮大成》入北詞雙角隻曲。一名《秋風第一枝》，一名《蟾宮曲》，一名《步蟾宮》。與汪存正調不同。

虞集詞名《廣寒秋》，倪瓚詞名《折桂令》。

見《浙江通志》。與《折丹桂》及《百字折桂令》皆無涉。各譜皆不載。「看」平聲。

廣寒秋五十四字　　虞　集

鸞輿三顧茅廬韻漢祚難扶叶日暮桑榆叶深渡南瀘叶長驅西蜀句力拒東吴叶美乎周瑜妙術句悲夫關羽云徂叶天數盈虚叶造物乘除叶問汝何如叶早賦歸歟叶

《輟耕録》云：虞邵庵先生集在翰苑時，宴散散學士家。有歌兒郭氏順時秀者，唱今樂府。其《折桂令》起句云：「博山銅，細裊香風」，一句而兩韻，名曰短柱，極不易作。先生愛其新奇。席上偶談蜀漢事，因命紙筆，亦賦一曲云云。蓋兩字一韻，比之一句兩韻者爲尤難。先生之學問該博，雖一時娱戲，亦過人遠矣。《折桂令》，一名《廣寒秋》，一名《天香第一枝》，一名《蟾宫引》。今中州之韻，入聲似平聲，又可作去聲。所以「蜀」、「術」等字，皆與魚、虞相近。前起二句比文作各少一字，後起二句各少一字，又多一四字句，異。愚按：此種詞游戲之作，不足爲法。因字句不同，録之以備一格。

折桂令五十三字　　倪　瓚

片帆輕豆水遠山長韻鴻雁將來句菊蕊初黄叶碧海鯨鯢叶蘭苕翡翠句風露鴛鴦叶問音信豆何人諦當叶想情懷豆舊日風光叶楊柳池塘叶隨處凋零句無限思量叶

此與文作同。惟第三句少一字，的是一調異名。

望梅花 七十二字

蒲宗孟

一陽初起韻暖力未勝寒氣叶堪賞素華長獨秀句不並開紅抽紫叶青帝只應憐潔白句不使雷同衆卉叶　淡然難比叶粉蝶豈知芳蕊叶夜半捲簾如乍失句只在銀蟾影裡叶殘雪枝頭君認取句自有清香旖旎叶

《九宮大成》入南詞商調引。

見《梅苑》，名《望梅花令》。與和凝、張翥之《望梅花》皆不同，故另列。《詞律》失收。

又一體 六十八字

無名氏

寒梅堪羨韻堪羨輕苞初展叶被天人豆製巧妝素艷叶群芳皆賤叶碎剪月華千萬片叶綴向瓊枝欲遍叶　小庭幽院叶雪月相交無辨叶影玲瓏豆何處臨溪見叶謝家新宴叶別有清香風際轉叶縹緲着人頭面叶

亦見《梅苑》。前後第三句各多一字，平仄反。四句各少二字，三、五句皆叶韻，與蒲作異。一本缺「初」字、「萬」字，從《梅苑》增訂。

詞繫卷十二

宋

雨中花慢九十八字　　張才翁

萬縷青青句初眠官柳句向人猶未成陰韻據雕鞍馬上句擁鼻微吟叶遠宧情懷誰問句空嗟壯志消沉叶正是好花時節句山城留滯句忍負歸心叶　別離長恨叶飄蓬無定句誰念會合難憑叶相聚裡豆休辭金盞句酒淺還深叶欲把春愁抖擻句春愁轉更難禁叶亂山高處句憑闌垂袖句聊寄登臨叶

此與《雨中花》及《雨中花令》皆不同。故另列。

《能改齋漫録》云：張才翁風韻不羈。初仕臨邛秋官，郡守張公庠待之不厚。會有白鶴之游，郡守率屬官同往，才翁不預。乃語官妓楊皎曰：「老子到彼，必有詩詞，可速寄來。」公庠既到白鶴，便留題云：「初眠官柳未成陰，馬上聊爲擁鼻吟。遠宧情懷消壯志，好花時節負歸心。別離長恨人南北，會合休辭酒淺深。欲把春愁閑抖擻，亂山高處一登臨」。皎録寄才翁，才翁增減作《雨中花》詞。公庠再坐，皎歌于側。公庠問之，皎前稟曰：「張司理卻寄來，令皎歌之，以獻臺座。」公庠遂青顧才翁尤厚。

此調與《錦堂春慢》相似而不同。趙長卿一首，於三句作七字，四句六字。後段起處，一六、兩四字，四句七字，七句亦七字，八句四字，九句六字。因俳體不録。

又一體九十八字　　蘇軾

初至密州，以旱蝗齋素者累月。方春牡丹盛開，不獲一賞。至九月，忽開千葉一朵。雨中爲置酒作。

今歲花時深院句盡日東風句蕩漾茶烟韻但有緑苔芳草句柳絮榆錢叶聞道城西句長廊古寺句甲第名園叶有國艷帶酒句天香染袂句爲我留連叶　清明過了句殘紅無處句對此淚灑尊前叶秋向晚豆一枝何事句向我依然叶高會聊追短景句清商不假餘妍叶不如留取句十分春態句付與明年叶

《畫墁録》謂波唐作《雨中花》，未嘗分别小令、慢曲。原詞不傳，無從訂證。此詞原題所云「旱蝗」，正與波唐打蝗蟲事暗合，想即其時所作。餘見《霜葉飛》下。

前段與張作句法異，後段同。吴則禮一首，於换頭作八字句，是誤筆，不可從。故不録。

又一體九十七字　　蘇軾

邃院重簾句何處惹得多情句愁對風光韻睡起酒闌花謝句蝶亂蜂忙叶今夜何人句吹笙北嶺句待

月西廂叶空帳望處句一株紅杏句斜倚低牆叶　羞顔易變句傍人先覺句到處被著猜防叶誰信道豆些兒恩愛句無限淒涼叶好事若無間阻句幽歡卻是尋常叶一般滋味句就中香美句除是偷嘗叶

前起一四、一六、一四字，前結三句四字，比前少一字，與張作亦異。「間」去聲。

又一體九十七字　蘇軾

嫩臉羞蛾句因甚化作行雲句卻返巫陽韻但有寒燈孤枕句皓月空牀叶長記當初句乍諧雲雨句便學鸞凰叶又豈料豆正好三春桃李句一夜風霜叶　丹青畫句無言無笑句看了謾結愁腸叶襟袖上豆猶存殘黛句漸減餘香叶一自醉中忘了句奈何酒後思量叶算應負你句枕前珠淚句萬點千行叶

前結一三、一六、一四字，後起一三、一四字，與前兩作異。餘同第二首。「忘」去聲。

又一體百一字　葉夢得

寒食前一日小雨，牡丹已將開。與客置酒，座中戲作。

痛飲狂歌句百計強留句風光無奈春歸韻也應知相賞句未忍相違叶捲地風驚急句催春暮雨句頓回寒威叶對黄昏蕭瑟句冰膚洗盡句猶覆霞衣叶　多情斷了句爲花狂惱句故飄萬點霏微叶低

粉面豆妝臺酒散句淚顆頻揮叶可是盈盈有意句祇應真惜分飛叶拚令吹盡句明朝酒醒句忍對紅稀叶

前段第六句五字，與各家異，餘與蘇同。後段同張作。「強」字仄聲，各家同。「急」字當屬下句，「暮」字衍誤，存參。「歸」字，《汲古》作「去」，失韻。「回」字不當用平，恐亦有誤。「應」平聲。

又一體九十八字

蔡　伸

寓目傷懷句逢歡感舊句年來事事疏慵韻嘆身心業重句賦得情濃叶況是離多會少句難忘雨迹雲踪叶望斷無錦字句雙鱗杳杳句新雁雝雝叶　良宵孤枕句人遠天涯句除非夢裡相逢叶相逢處豆愁紅斂黛句還又匆匆叶回首綠窗朱户句可憐明月清風叶斷腸風月句關河有盡句此恨無窮叶

前起三句、六七句，俱同張作。前結同蘇第一首。「感」必用上聲。

又一體九十七字

春雨

趙長卿

宿靄凝陰句天氣未晴句峭寒勒住群葩韻倚闌無語句羞辜負年華叶柳媚梢頭翠眼句桃蒸原上紅霞叶可堪那句盡日狂風蕩蕩句細雨斜斜叶　東君底事句無賴薄倖句著意殘害鶯花叶惟是我豆

惜春情重句說奈咨嗟叶故與殷勤索酒句更將簾幕高遮叶對花歡笑句從教風雨句著醉酬他叶

前段第四句四字，五句五字。前結一三、一六、一四字，與各家異。餘同張作。「未」去聲。「教」平聲。

又一體九十七字

長沙　　張孝祥

一葉凌波句十里御風句烟鬟雨鬢瀟瀟韻認得江皐玉佩句水館冰綃叶秋淨明霞乍吐句曙涼宿靄初消叶恨微顰不語句欲進還休句凝佇迢遥叶　神交冉冉句愁思盈盈句斷魂欲遣誰招叶還似待豆青鸞傳信句烏鵲成橋叶悵望胎仙琴疊句羞看翡翠蘭苕叶夢回人遠句紅雲一片句天際笙簫叶

前段第四句六字，與蘇作同。餘同蔡作。惟次句平仄異，同趙作。辛棄疾作亦然。「御」必用去聲。「思」亦去聲。

又一體九十七字

葛立方

維揚途中小雨，見桃李盛開作。

壯歲嬉游句樂事幾經句青門紫陌芳春韻未見廉纖膏雨浥芳塵叶濯錦寶絲增艷句洗妝玉頰尤新叶向韶光濃處句點染芳菲句總是東君叶　蘇州老子句經雨南園句爲誰一埽花林叶誰信道豆佳聲著處句肌潤香勻叶曉洗何郎湯餅句暮留巫女行雲叶寄言游子句也須留盼句小駐蹄輪叶

與趙作同。惟前段第四、五句九字，一氣貫下，差異。

又一體九十六字

京鏜

玉局祠前句銅壺閣畔句錦城藥市争奇韻正紫萸綴席句黄菊浮卮叶巷陌連鑣共轡句樓臺吹竹彈絲叶登高望遠句一年好景句九日佳期叶　自憐行客句猶對嘉賓句留連豈是貪癡叶誰會得豆心馳北闕句興寄東籬叶惜别未催鷁首句追歡且醉蛾眉叶明年此會句他鄉今日句總是相思叶

前段第八句，比張才翁作少二字，餘同。張燾，謝邁各一首，與此同。惟起三句與蘇第二、三首同。

又一體九十八字

送彭文思使君

黄庭堅

政樂中和句夷夏宴喜句官梅乍傳消息韻待新年歡訪句斷送春色叶桃李成陰句甘棠少訟句又移旌戟叶念畫樓朱閣句風流高會句頓冷談席叶　西州縱有句舞裙歌板句誰共茗邀棋敵叶歸來未豆先霑離袖句管弦催滴叶樂事賞心易散句良辰美景難得叶會須醉倒句玉山扶起句更傾春碧叶

此用仄韻，與葉作同。「宴」必用去聲。

又一體九十八字　秦觀

指點虛無征路句醉乘斑虬句遠訪西極韻見天風吹落句滿空寒白叶玉女明星迎笑句何苦自淹塵域叶正火輪飛上句霧捲烟開句洞觀金碧叶　重重觀閣句横枕鰲峰句水面倒銜蒼石叶隨處有豆奇香異火句杳然難測叶好是蟠桃熟後句阿環偷報消息叶任青天碧海句一枝難遇句占取春色叶

與蘇第一首同。只前段第四句少一字，後段第八句多一字。「異」字，本集作「幽」，「任」字作「在」，誤。「醉」必用去聲。

又一體九十八字　無名氏

夢破江南春信句漸入江梅句暗香初發韻乞與横斜疏影句爲憐清絶叶粱苑相如句平生有賦句未甘華髮叶便廣寒句争遣韶華驚怨句詎妨輕折叶　揚州二十四橋歌吹句不道畫樓聲歇叶生怕有豆江邊一樹句要堆輕雪叶老去苦無歡事句凌波空有纖襪叶恨無好語句何郎風味句定教誰説叶

見《梅苑》。體格與蘇第三首同。惟換頭八字句，與各家俱異。「漸」必用去聲。「教」平聲。「爲」去聲。

莫打鴨 二十二字

梅堯臣

莫打鴨句打鴨驚鴛鴦韻鴛鴦新向池中浴句不比孤洲老鴰鶬叶

此以起句爲名，各譜皆不載。

《漫叟詩話》云：吕士隆知宣州，好笞妓。適杭妓到，喜之。一日欲笞宣妓，妓曰：「不敢辭，但恐杭妓不安。」士隆宥之。梅聖俞爲詞云云。若增一句，即《謝秋娘》也。

賞南枝 百五字

曾鞏

暮冬天地閉句正柔木凍折句瑞雪飄飛韻對景見南山句嶺梅露豆幾點清雅容姿叶丹染蕚句玉綴枝叶又豈是豆一陽有私叶大抵化工獨許句使占卻先時叶　霜威叶莫苦禁持叶此花根性句想群卉爭知叶貴用在和羹句三春裡豆不管緑是紅非叶攀賞處句宜酒巵叶醉撚嗅豆幽香更奇叶倚闌仗何人去句囑羌管休吹叶

《九宫大成》入南詞羽調正曲。許《譜》同。

調見《梅苑》。自度曲以本意爲名，《詞律》未收。

別無他作可證，平仄宜遵。《梅苑》缺「柔」字，各本缺「山」字，「大抵」下有「是」字，無「使」字，「禁」字作「凌」「仗」字作「干」。今從《詞譜》本。「禁」平聲。

繫裙腰五十八字

魏夫人曾布妻

燈花耿耿漏遲遲韻人別後句夜涼時叶西風瀟灑夢初回叶誰念我句就單枕句皺雙眉叶　錦屏繡幌與秋期叶腸欲斷句淚偷垂叶月明還到小窗西叶我恨你句我憶你句你爭知叶

魏夫人乃曾布妻，魏泰之姊。與張先同時。不知何人創製，姑繫于此俟考。

又一體六十一字

張先

清霜蟾照夜雲天韻朦朧影句畫勾闌叶人情縱似長清月句算一年年叶又能得句幾番圓叶　欲寄西江題葉字句流不到句五亭前叶東池始有荷新緑句尚小如錢叶問何日藕句幾時蓮叶

前後第四句不叶韻，五句叶韻，换頭句亦不叶，平仄多不同。比前作多「算」字、「尚」字、「問」字，皆襯字也。《詞律》謂「問」字誤「多」，謬極。「清霜」清字，鮑本作「借」，注一作「濃」。「長清」清字作「情」。

又一體五十九字

劉　儗

山兒轟轟水兒清韻船兒似句葉兒輕叶風兒更没人情叶月兒明叶厮合造句送行人叶　眼兒簌

簌淚兒傾叶燈兒更句冷清清叶遭逢着豆雁兒又没前程叶一聲聲叶怎生得句夢兒成叶

前段第三句六字，後段三句九字，兩三四句均叶韻，與前兩作異。劉儗，一作劉仙倫，字叔儗。未詳孰是。

絳都春 百字

梅　朱淑真

寒陰漸曉韻報驛使探春句南枝開早叶粉蕊弄香句芳臉凝酥瓊枝小叶雪天分外精神好叶向白玉豆堂前應到叶化工不管句朱門閉也句暗傳音耗叶　輕渺叶盈盈笑靨句稱嬌面豆愛學宮妝新巧叶幾度醉吟句獨倚闌干黄昏後句月籠疏影横斜照叶更莫待豆笛聲吹老叶便須折取歸來句膽瓶插了叶

《九宫大成》入南詞黄鐘宫引。

此調不知何人創始，以此首爲最先。《草堂》爲朱敦儒作。

「到」、「耗」、「照」三字宜用上聲叶。陳詞注可證。「黄昏後」、「後」字不叶，或用江西音通叶，抑寫誤。「凝酥」、「瓊枝」、「闌干」、「黄昏」，用四平聲。「漸」、「探」、「弄」、「閉」、「暗」、「笑」、「醉」、「膽」、「插」，諸去聲字各家同，最吃緊。「膽」字上聲，宜用去，「插」字是以入作去也。前後第五、六句皆七字，上句束上，下句起下，勿誤認。上句亦可作兩句讀。趙彦端一首，平仄間異，不可從。故不録。「驛」、「雪」、「分」、「白」、「獨」、「月」、「莫」、「便」、「折」可平。「芳」、「宮」、「疏」可仄。「探」、「稱」、「膽」、「插」，去聲。「不」、「笛」作平。

又一體九十二字

太師生辰　毛滂

餘寒尚峭韻早鳳沼凍開句芝田春到叶茂對誕期句天與公春向廊廟叶元功開物爭春妙叶付與穠華多少叶召還和氣句拂開霽色句未妨談笑叶　縹緲叶五雲亂處句種雕菰向熟句碧桃猶小叶雨露在門句光彩充閭烏亦好叶寶熏鬱霧城南道叶天錫公任安危句二十四考叶

前段第七句六字，比朱作少一字，與後陳、張二體正合。後段少一七字句，應是缺落，此《汲古》本，俟考補。兩五句平仄異。「尚」、「凍」、「誕」、「霽」、「亂」、「在」、「二」、「四」等字用去聲，勿誤。「十」作平聲。

又一體百字

無名氏

東君運巧韻向枝頭點綴句瓊英雖小叶全是一般句風味花中最輕妙叶橫斜疏影當池沼叶似弄粉豆初臨鸞照叶衆芳皆有句深紅淺白句豈能爭早叶　莫厭金樽頻倒叶把芳酒賞花句追陪歡笑叶有願告天句願□多情休教老叶奇花也願休殘了叶免樂事豆離多歡少叶易老叶難敘衷腸句算天怎表叶

見《梅苑》。換頭句叶韻，第二字不叶，結處多重叶一韻。「運」、「告」、「算」去聲，「點」、「淺」、「豈」、「怎」上聲，「一」入聲，勿誤。「教」用平聲。

又一體九十九字　　吴文英

余往來清華池館六年，賦詠屢以感昔傷今，益不堪懷，乃復作此解。

春來雁渚韻弄艷冶句又入垂楊如許叶困舞瘦腰句啼濕宫黄池塘雨叶碧沿蒼蘚雲根路叶尚追想豆淩波微步叶小樓重上句憑誰爲唱句舊時金縷叶　凝佇叶烟蘿翠竹句欠羅袖句爲倚天寒日暮叶强醉梅邊句招得花奴來尊俎叶東風須惹春雲住叶莫把飛瓊吹去叶便教移取薰籠句夜温綉户叶

後段第八句六字，比各家少一字。「莫把」上落「更」字。「雁」、「又」、「瘦」、「爲」、「舊」、「翠」、「夜」、「綉」用去聲，勿誤。「宫黄池塘」、「花奴來尊」用平平平平，勿誤。「梅」字宜仄。

又一體百字

餞李太博赴括蒼别駕　　吴文英

長亭旅雁韻斂倦羽句寄棲牆陰年晚叶問字翠尊句刻燭紅箋慳曾展叶冰灘鳴佩舟如箭叶笑烏幘豆臨風重岸叶可憐垂柳句清霜萬縷句送將人遠叶　吴苑叶千金未散叶買新賦句共賞文園詞翰叶流水翠微句明月清風平分半叶花深驛路香不斷叶萬玉舞豆罘罳東苑叶祗應花底春多句軟紅霧暖叶

換頭句叶二韻，餘同前作。「旅」、「軟」上聲，「寄」、「翠」、「萬」、「送」、「未」、「霧」去聲，勿誤。「紅箋慳曾」、「清風平分」用平平平平。「不」、「應」用平聲。

又一體九十八字

次韻趙西里游平山堂　　張　榘

平山老柳韻寄多少勝游句春愁詩瘦叶萬疊翠屏句一抹江烟渾如舊叶晴空闌檻今何有叶寂寞文章身後叶喚回奇事句青油上客句放懷樽酒叶　知不叶全淮萬里句羽書靜句草緑長亭津堠叶小隊出郊句花底賡酬閒時候叶和熏籌幕垂春晝叶坐看蓉池波皺叶主賓同會風雲句盛名可久叶

前後段第八句皆六字，與各家異。「老」、「勝」、「翠」、「上」、「放」、「萬」、「出」、「盛」、「可」仄聲，勿誤。「汪烟渾如」、「賡酬閒時」用平平平平。

又一體九十八字

陳允平

鞦韆倦倚句正海棠半坼句不耐春寒韻殢雨弄晴句飛梭庭院繡簾閒叶梅妝欲試芳情懶上叶翠顰愁入眉彎平叶霧蟬香冷句霞綃淚揾句恨襲湘蘭平叶　悄悄池臺步晚上叶任紅曛杏靨句碧沁苔痕平叶燕子未來句東風無語又黃昏平叶琴心不度春雲遠上叶斷腸難託啼鵑平叶夜深猶倚垂楊句

二十四欄平叶

《日湖漁唱》原注舊上聲韻，今改平聲。前後段第七句六字，各少一字。换頭二字不叶韻，與朱異。「懶」、「晚」、「遠」三字仍以上聲叶，亦平仄互叶也。《詞律》謂「晚」字可不叶，不知何據。「倦」、「半」、「弄」、「淚」、「恨」、「步」、「未」、「二」、「四」等字，亦去聲，勿誤。「十」字是以入作平。「痕」、「昏」二韻，不宜雜入元文韻。《詞律訂》改「痕」作「瘢」，「黄昏」作「春殘」，「春雲」作「香雲」，今仍照原本。

月華清九十九字

梨花

雪壓亭春句香浮花月句攬衣還怯單薄韻欹枕徘徊句又聽一聲乾鵲叶粉淚共豆宿雨闌干句清夢與豆寒雲寂寞叶除卻叶是江梅曾許句詩人吟作叶　長恨曉風飄泊叶且莫遣香肌句瘦減如削叶深杏夭桃句端的爲誰零落叶況天氣豆妝點清明句對美景豆不妨行樂叶拚着叶向花時喚取句一杯獨酌叶

此亦不知何人創製。「怯」字、「減」字必仄聲，「除」字、「拚」字必平聲，勿誤。蔡松年一首，於三句用仄仄平平仄，馬莊父於「拚」字用去，皆不宜從。故不録。「雪」、「又」、「粉」、「淚」、「曉」、「瘦」、「況」、「對」、「不」、「喚」可平。「欹」、「清」、「寒」、「曾」、「長」、「飄」、「深」、「端」、「天」、「妝」可仄。「聽」、「爲」去聲。「寂」、「一」、「獨」作平。

華清引四十五字

感舊　　蘇軾

平時十月幸蓮湯韻玉甃瓊梁叶五家車馬如水句珠璣滿路旁叶　翠華一去掩方牀叶獨留烟樹蒼蒼叶至今清夜月句依舊過繚牆叶

《九宫大成》入南詞小石調引。

此詠華清池舊事，即以爲名。

昭君怨四十字　一名宴西園　洛妃怨　一痕沙

送別

誰作桓伊三弄韻驚破緑窗幽夢叶新月與愁烟換平滿江天叶平　欲去又還不去三換仄明日落花飛絮三叶仄飛絮送行舟四換平水東流叶四平

《詞名集解》云：漢王昭君作《怨詩》，入琴操。樂府吟嘆曲有《王昭君》，蓋晉石崇擬其意作之，以教緑珠。陳、隋相沿有此曲，一名《王昭君》，一名《明君詞》，一名《昭君嘆》。填詞專名《昭君怨》。朱敦儒詞詠洛妃，名《洛妃怨》。侯寘詞名《宴西園》，一名《一痕沙》，與《點絳唇》之别名不同。

凡四换韻，以此首爲最先。不知何人創製。「緑」、「欲」、「又」、「不」、「落」可平。「誰」、「桓」、「驚」、「新」、「明」、「飛」可仄。

又一體三十九字　　蔡伸

一曲雲和鬆響韻多少離愁心上叶寂寞掩屏帷換平淚沾衣叶平　最是銷魂處三換仄夜夜綺窗風雨叶三仄風雨伴愁眠四換平夜如年叶四平

換頭句五字，比蘇作少一字。

又一體四十九字　　周紫芝

滿院融融花氣韻紅綉一簾垂地叶往事憶年時換平只春知叶平　風又暖三換仄花漸滿叶三仄人似行雲不見叶三仄無計奈離情四換平惡銷凝叶四平

後起兩三字句，皆換叶。多叶一韻，與蘇作異。

又一體四十字

牡丹　　劉克莊

曾看洛陽舊譜韻只許姚黃獨步叶若比廣陵花換平太虧他叶平　舊日王侯園圃叶仄今日荆榛狐

兔叶仄君莫説中州三換平怕花愁叶三平

前後上半不換韻，下半換韻。

又一體四十字

瓊花　　劉克莊

后土宮中標韻韻天上人間一本叶道號玉真妃換平字瓊姬叶平　我與花曾半面三換仄流落天涯重見叶三仄莫把玉簫吹叶平怕驚飛叶平

上半換韻，下半不換韻。

卜算子四十四字　一名缺月掛疏桐　孤鴻　楚天遥　百尺樓

詠雁

缺月掛疏桐句漏斷人初静韻時見幽人獨往來句縹緲孤鴻影叶　驚起卻回頭句有恨無人省叶揀盡寒枝不肯棲句寂寞沙洲冷叶

《高拭詞》注仙吕調，《九宫大成》入南詞仙吕宫引。因首句又名《缺月掛疏桐》，以第四句又名《孤鴻》。僧晦有「目斷楚天遥」句，名《楚天遥》。秦湛詞有「極目烟中百尺樓」句，名《百尺樓》。《詞譜》以《眉峰碧》爲别名，兩結句不同，似非一調，故不注。

王楙《野客叢書》云：東坡在惠州白鶴觀，有温都監女，年十六，有色，不肯嫁。聞坡至，喜曰：「吾婿也。」每夜聞坡諷詠，徘徊窗外。坡覺，女踰牆去。坡從而物色之，温具言其事。坡曰：「吾當呼王郎與子爲姻。」未幾，坡渡海，議不諧，其女遂卒。坡回，悵然賦此詞。《女紅餘志》亦載其事。女名超超。《古今詞話》云：詞爲詠雁，當别有寄託，何得以俗情附會也（節録）。愚按：坡公渡海時，年已六十餘，未必有是事。當以《古今詞話》爲是。

末句，一本作「楓落吴江冷」。「缺」、「漏」、「縹」、「有」、「揀」、「寂」可平。「驚」可仄。

又一體 四十六字

張先

夢短寒夜長句坐待清霜曉韻臨鏡無人爲整妝句但自學豆孤鸞照叶　樓臺紅樹杪叶風月依前好叶江水東流郎在西句問尺素豆何由到叶

後起句叶韻，兩結句各六字，與蘇異。杜安世一首與此同，只兩起句平仄反。「坐」、「自」、「尺」可平。

又一體 四十五字

徐俯

天生百種愁句掛在斜陽樹韻緑葉陰陰占得春句草滿鶯啼處叶　不見凌波步叶空憶如簧語叶門外重重疊疊山句遮不斷豆愁來路叶

前結五字，後結六字，兩起句平仄亦異。

又一體四十六字　　杜安世

深院花鋪地韻淡淡陰天氣句水殿風微朱明景句又別是豆愁情味叶　有情奈無計叶謾惹成憔悴叶欲把羅巾暗傳寄叶細認取豆斑點淚叶

首句起韻，兩三句平仄拗，後三句叶韻，餘同張作。「取」字一本作「處」。

又一體四十五字　　黄公度

薄宦各東西句往事隨風雨韻先是離歌不忍聞句又何況豆春將暮叶　愁共落花多句人逐征鴻去叶君向瀟湘我向秦句後會知何處叶

前結六字，後結五字。

又一體四十四字　　石孝友

見也如何暮韻別也如何遽叶別也應難見也難句後會難憑據叶　去也如何去叶住也如何住叶

住也應難去也難句此際難分付叶

前後起句皆叶韻，餘同蘇作。「應」平聲。

又一體 四十五字

施酒監

相逢情更深句恨不相逢早韻識盡千千萬萬人句終不似豆伊家好叶　別爾登長道叶轉覺添煩惱叶樓外朱樓獨倚闌句滿目圍芳草叶

《詞苑叢談》云：杭妓樂苑與施善，施嘗贈以此詞。

與黄體同，惟後起句多叶一韻。

占春芳 四十六字

紅杏了句夭桃盡句獨自占春芳韻不比人間蘭麝句自然透骨生香叶　對酒莫相忘叶似佳人豆兼合明光叶只憂長笛吹花落句除是寧王叶

此以第三句立名，他無作者。

《歷代詩餘》題作《詠梨花》。

琴曲有《瑤池燕》，其詞不協，而聲亦怨咽。變其詞作閨怨，寄陳季常。此曲奇妙，勿妄與人。

飛花成陣韻春心困叶寸寸叶別腸多少愁悶叶無人問叶偷啼自揾叶殘妝粉叶　抱瑤琴豆尋出新韻叶玉纖趁叶南風未解幽慍叶低雲鬟叶眉峰斂暈叶嬌和恨叶

此與《宴瑤池》及《八聲甘州》之别名皆無涉。據原題，當是創製。《詞律》云：「燕」當作「讌」或「宴」。愚按：燕樂、燕喜，《詩經》本通用。《樂府雅詞》名《瑤池宴令》，廖正一作誤。賀鑄亦有此體。舊譜謂因《越江吟》句更名，遂併爲一調。不知此詞自序，明白曉暢，何得混併。此本譜所以必録詞題也。「寸」字、「趁」字、「揾」字、「暈」字，俱是藏韻，蘇詞中多用之。説見《點絳脣》下。「出」字、「玉」字，賀鑄詞用平聲，此是以入作平。「啼」字，《詞律》作「期」，誤。「新」字，葉《譜》作「幽」。

翻香令五十六字

金爐猶暖麝煤殘韻惜香更把寶釵翻叶重勻處句餘熏在豆這一般豆氣味勝從前叶　背人偷蓋小蓬山叶更拈沈水與同燃叶且圖得豆氤氲久句爲情深豆嫌怕斷頭烟叶

此以次句立名，無他作者，應屬創製。

「匀」字，《汲古》、《詞律》作「聞」，「般」字作「番」，「拈」字作「將」，「與」字作「暗」。「更」字，葉《譜》作「愛」，「燃」字作「煎」，據《樂府雅詞》訂正。

荷華媚 六十字

荷花

霞苞露荷碧韻天然地豆別是風流標格叶重重青蓋下句千嬌照水句好紅紅白白叶　每悵望豆明月清風夜句甚低迷不語句夭邪無力叶終須放豆船兒去句清香深處句任看伊顏色叶

此詠本意，亦無他作。

「露」字，《汲古》、《詞律》作「霓」，「悵」字作「恨」，「夭」字作「妖」，「任」字作「住」，句讀亦誤。此傳寫之訛，校讎不精，貽誤非淺。今從《詞律訂》。

感皇恩 六十七字

暖律破寒威句春回宮柳韻晴景初曦上元候叶禁城烟火句移下一天星斗叶素娥凝碧漢句明如晝叶　綉轂電轉句錦瀌飛驟叶九踏笙歌按新奏叶勝游方凝句忽聽曉鐘銀漏叶兩兩歸去也句應回首叶

與張先之《感皇恩》不同。句法既別，平仄韻亦異。故分列。

「上元候」、「按新奏」，各家多用仄平仄。「電」字必用去聲，勿誤。宋人皆從此體。晁補之一首同。「轉」字各家皆用平。「禁」、「一」、「綉」、「錦」、「九」、「勝」、「忽」可平。「晴」、「飛」可仄。「轉」、「兩」作平。「應」平聲。「凝」去聲。

又一體六十七字　　賀鑄

蘭芷滿汀洲句游絲横路韻羅襪塵生步叶回顧叶整鬟顰黛句脈脈多情難訴叶細風吹柳絮叶人南渡叶　回首舊游句山無重數叶花底深朱户叶何處叶半黄梅子句向晚一簾疏雨叶斷魂分付與叶春歸去叶

前後兩三句五字，叶韻。下二字屬下句，藏韻。兩七句亦叶韻。「步」、「顧」、「舊」、「户」、「處」用去聲，「回」、「何」用上聲，勿誤。

又一體六十七字　　晁冲之

蝴蝶滿西園句啼鶯無數韻水閣橋南路叶凝佇叶兩行烟柳句吹落一池風絮叶鞦韆斜掛起句人何處叶　把酒勸君句閒愁莫訴叶留取笙歌住叶休去叶幾多春色句怎禁許多風雨叶海棠花謝也句君知否叶

與賀作同，只前後兩七句不叶韻，同蘇作。「路」、「佇」、「勸」、「住」、「禁」用去聲。「凝」，「休」用平聲，勿誤。

又一體 六十五字

送林縣尉　　趙長卿

碧水浸芙蓉句秋風楚岸韻三歲光陰轉頭換叶且留都騎句未許匆匆分散叶更持杯酒殷勤勸叶　休作等閒句別離人看叶且對笙歌醉須拚叶如君才調句掌得玉堂詞翰叶定應不久勞州縣叶

兩結各七字，比各家少一字。餘同蘇作。「轉頭換」、「醉須拚」用仄平仄。「等」上聲。「應」用平聲。

又一體 六十八字　　周紫芝

竹坡老人步上南岡，得堂基於孤峰絕頂間。喜甚，戲作長短句。

無事小神仙句世人誰會韻着甚來由自縈繫叶人生須是句做些閒中活計叶百年能幾許借叶無多子叶　近日謝天句與片閒田地叶作個茅堂待打睡叶酒兒熟也句贏取山中一醉叶人間如意事叶只此是叶

後段次句五字，比蘇作多一字。兩六句亦叶韻，「許」字是借叶。魚虞與支時通叶，宋人中頗有之。「自縈繫」、「待打睡」作仄平仄，勿誤。「謝」用去聲，「只此」作平平。「些」用上聲。

又一體六十六字

廣東與康伯可　韓玉

遠柳緑含烟句土膏纔透韻雲海微茫露晴岫叶故鄉何在句夢寐草堂溪友叶舊時游賞處句誰攜手叶　塵世利名句於身何有叶老去生涯殢樽酒叶小橋流水句一樹雪香瘦叶故人今夜月句相思否叶

見《東浦詞》。後段第五句五字，與各家異。恐誤脱一字。「露晴岫」、「殢樽酒」用仄平仄，「利」去聲，勿誤。

又一體六十六字

汪莘

年少尋芳句早春時節韻飛去飛來似蝴蝶叶如今老大句懶趁五陵豪俠叶夢中時聽得句秦簫咽叶　割斷人間句柳枝桃葉叶海上書來恨離別叶舊游還在句空鎖雲霞萬疊叶舉杯相憶處句青天月叶

首句四字，與各家異。「似蝴蝶」、「恨離別」用去平入。「人」宜仄。

祝英臺近 七十七字 或無近字 一名燕鶯語 寒食詞 月底修簫譜 英臺近

惜別

掛輕帆句飛急槳句還過釣臺路韻酒病無聊句欹枕聽鳴櫓叶斷腸簇簇雲山句重重烟樹叶回首望豆孤城何處叶　間離阻叶誰念縈損襄王句何曾夢雲雨叶舊恨前歡句心事兩無據叶要知欲見無由句疑心猶自句倩人送豆一聲傳語叶

高拭詞注越調，《九宮大成》入南詞越調引。

吕渭老詞無「近」字。韓淲詞有「燕鶯語」句，名《燕鶯語》。又有「卻又在他鄉寒食」句，名《寒食詞》。張輯詞有「趁月底重修簫譜」句，名《月底修簫譜》。周密詞名《英臺近》。

「釣臺路」，「聽鳴櫓」，「間離阻」，「夢雲雨」，「兩無據」俱當用仄平仄，勿誤。「樹」字叶，後段不叶。「聽」、「間」去聲。「酒」、「斷」、「簇」、「首」、「念」、「舊」、「欲」可平。「欹」、「重」、「回」、「誰」、「猶」可仄。

又一體 七十七字

武陵寄暖紅諸院　趙長卿

記臨岐句銷黯處句離恨慘歌舞叶恰是江梅句開遍小春暮叶斷腸一曲金衣句兩行玉筯叶酒闌後豆欲行難去叶　惡情緒叶因念錦幄香奩句別來負情素叶冷落深閨句知解怨人否叶料應寶瑟慵彈句露華懶傳叶對鸞鏡豆終朝凝佇叶

次句即起韻，兩第七句皆叶韻，與前異。「深」字，一本作「香」，今從《汲古》。「慘歌舞」、「小春暮」、「惡情緒」、「負情素」、「怨人否」用仄平仄，勿誤。「應」平聲。

又一體七十七字　一名寶釵分　桃葉渡

晚春　　辛棄疾

寶釵分句桃葉渡韻烟柳暗南浦叶怕上層樓句十日九風雨叶斷腸點點飛紅句都無人管句倩誰喚豆流鶯聲住叶　鬢邊覷叶也試把花卜歸期句纔簪又重數叶羅帳燈昏句哽咽夢中語叶是他春帶愁來句春歸何處叶卻不解豆帶將愁去叶

因起句，名《寶釵分》，又名《桃葉渡》。張端義《貴耳集》云：吕婆，吕正己之妻。正己爲京畿漕，有女事辛幼安，因以微事觸其怒，竟逐之。今稼軒《桃葉渡》詞，因此而作。次句亦起韻。後段第七句亦叶。《詞譜》共收八體，惟押韻不押韻之異。「倩誰喚」三字，一本作「更誰勸」。「暗南浦」、「九風雨」、「鬢邊覷」、「又重數」、「夢中語」俱用仄平仄，勿誤。

又一體七十八字

黎廷瑞

彩雲空句香雨霽韻一夢千年事叶碧幌如烟句卻扇試新睡叶恁時楊柳闌干句芙蓉池館句還只似豆如今天氣叶　遠山翠叶空相思豆淡埽修眉句盈盈照秋水叶落日西風句借問雁來未叶只愁雁

到來時句又無消息句只落得豆一番憔悴叶

後段次句七字，比各家多一字。「千年事」、「試新睡」、「遠山翠」、「照秋水」、「雁來未」數句俱用仄平仄，勿誤。

又一體七十七字 陳允平

待春來句春又到句花底自徘徊韻春淺花遲句攜手爲花催叶可堪碧小紅微句黄輕紫艷句東風外豆妝點池臺叶　且銜杯叶無奈年少心情句看花能幾回叶春自年年句花自爲春開叶是他春爲花愁句花因春瘦句花殘後豆人未歸來叶

此用平韻，見《日湖漁唱》。

愚按：陳允平自度曲甚少，只改用韻腳，此其一也。「爲」、「俱」用去聲。

又一體七十七字 蘇茂一

結垂楊句臨廣陌句分袂唱陽關韻穩上征鞍叶目極萬重山叶歸鴻若到伊行句叮嚀須記句寫一封豆書報平安叶　漸春殘叶是他紅褪香收句綃淚點斑斑叶枕上盟言叶都做夢中看叶銷魂啼鴂聲中句楊花飛處句斜陽下豆愁倚闌干叶

與陳作同，亦用平韻。惟前後第四句皆叶韻，略異。「斑斑」一作「成斑」。

憐薄命 七十七字

戴復古妻

惜多才句憐薄命句無計可留汝韻揉碎花箋句忍寫斷腸句叶道傍楊柳依依句千絲萬縷叶抵不住豆一分愁緒叶　如何訴叶便教緣斷今生句此身已輕許叶指月盟言句不是夢中語叶後回君若重來句不相忘處句把杯酒豆澆奴墳土叶

以次句爲名。與《祝英臺近》無異，實是一調，故類列。《圖譜》改名《揉碎花箋》，杜撰無理。《詞律》未收。

《輟耕録》云：戴石屏未遇時，流寓江右。武寧有富家翁愛其才，以女妻之。居二三年，忽欲作歸計。妻問其故，告以曾娶。妻白之父，父怒。妻宛曲解釋，盡以奩具贈夫。仍餞以詞云云。夫既別，遂赴水死。可謂賢烈也已。

《輟耕録》本，缺後起三句十四字，今從葉申薌《本事詞》補。「指」字，一本作「捉」。「可留汝」、「斷腸句」、「如何訴」、「已輕許」、「夢中語」俱用仄平仄，勿誤。

皂羅特髻 八十一字

采菱拾翠句算似此佳名句阿誰消得韻采菱拾翠句稱使君知客叶千金買句采菱拾翠句更羅裙豆滿把真珠結叶采菱拾翠句正髻鬟初合叶　真個豆采菱拾翠句但深憐輕拍叶一雙手句采菱拾翠句

綉衾下豆抱着俱香滑叶采菱拾翠句待到京尋覓叶

此調他無作者，《汲古》於調下注「采菱拾翠」四字，不知何據，似非調名。凡用「采菱拾翠」七句，余謂時曲有品頭，過腔也，有聲無辭，停歌待拍。如《采蓮曲》之舉棹，年少等體。或即《采菱曲》歟？

篇中五字句凡七，用上二下三字者二，上一下四字者五，勿誤。「稱」去聲。

踏青游 八十四字

改火初晴句緑遍禁池芳草韻鬥錦綉豆大城馳道叶踏青游句拾翠惜句襪羅弓小叶蓮步裊叶腰肢佩蘭輕妙叶行過上林春好叶　今困天涯句何限舊情相惱叶念搖落豆玉京寒早叶任關心句空目斷句蓬山難到叶仙夢杳叶良宵又還過了叶樓臺萬象清曉叶

前無作者，想以詞句爲名。

又一體 八十四字　王詵

金勒狨鞍句西城嫩寒春曉韻路漸入豆垂楊芳草叶過平堤句穿緑徑句幾聲啼鳥叶是處裡句誰家杏花臨水句依約靚妝斜照叶　極目高原句東風露桃烟島叶望十里豆紅圍翠繞叶更相將句乘酒

興句幽情多少叶待向晚句從頭記將歸去句説與鳳樓人道叶

《詞律》爲周邦彦作，《片玉詞》不載，誤。今從《歷代詩餘》本。前後第七、八句不叶韻。

又一體八十三字

贈妓崔廿四　　無名氏

識個人人句恰止二年歡會韻似賭賽豆六隻渾四叶向巫山豆重重去如魚水叶兩情美叶同倚畫闌十二叶倚了又還重倚叶　兩日不來句時時在人心裡叶擬問卜豆常占歸計叶拚三八清齋句望永同鴛被叶到夢裡叶驀然被人驚覺句夢也有頭無尾叶

《能改齋漫録》云：政和間，一貴人未達時，嘗游妓崔廿四之館。因其行第，作《踏青游》詞云云，都下盛傳。「向巫山」句九字，「拚三八」二句各五字，與前異。《詞律》不收，謂有誤字。其意總須前後段相同，不知變换句法，詞中似此者甚多，殊覺大謬。「美」字、「裡」字叶韻，與蘇同。二字叶，後段「覺」字不叶，「裡」字重押。

又一體八十四字　　無名氏

嶺上梅殘句堤畔柳眠嬌小韻綻數枝豆横烟臨沼叶既大雅句且穠麗句繁而不擾叶冒寒來句游蜂戲蝶尚阻句年年占得春早叶　淡白輕紅清杳叶迎芳道叶更情與豆碧天如埽叶魏臺妝句吴姬袖句

妖妍多少叶爲傳語句無言分付甘桃李句不比閒花浪草叶

見《梅苑》。後起二句，一六、一三字，八句七字，比各家多一字。

醉翁操 九十一字

琅琊山水奇麗，泉鳴空澗，若中音會。六一居士作醉翁亭其上，欣然忘歸。既去十餘年，好奇之士沈遵往游，以琴寫其聲，曰《醉翁操》。節奏疏宕，音韻和暢，知琴者以爲絶倫。然有聲無詞。醉翁爲之作歌而與琴聲不合，又引楚詞作醉翁引，好事者亦倚其詞以製曲，而琴聲爲詞所縛，非天成也。後三十餘年，公既捐館舍，遵亦隕久矣。有盧山玉澗道人，特妙於琴。恨其曲之無傳，乃譜其聲，請於軾以補之。爲《醉翁操》云。

琅然韻清圓叶誰彈叶響空山叶無言叶惟翁醉中和其天叶月明風露娟娟叶人未眠叶荷簣過山前叶曰有心也哉此賢叶　醉翁嘯詠句聲和流泉叶醉翁去後句空有朝吟暮怨叶山有時而童巔叶水有時而回川叶思翁無歲年叶翁今爲飛仙叶此意在人間叶試聽徽外三兩弦叶

《九宮大成》入南詞正宮正曲，許《譜》同。

此本琴曲，辛棄疾編入詞中，遂沿爲詞調。詞之以「操」名者僅此。辛作平仄照注，餘當謹守。

亦見《澠水燕談録》。「響」字作「嚮」，「翁醉中」三字作「有醉翁」，「賢」字作「弦」，「暮」字作「夜」，「川」字作

「淵」，「三兩」二字作「兩三」。前段下注云：第二疊泛聲同此。「有」、「也」可平。「明」、「人」、「空」、「山」、「思」、「徽」可仄。「怨」、「聽」、平聲。「和」去聲。

意難忘 九十二字

妓館

花擁鴛房韻記拖肩髻小句約鬢眉長叶輕身翻燕舞句低語囀鶯簧叶相見處句便難忘叶肯親度瑶觴叶向夜闌句歌翻郢曲句帶換韓香叶　別來音信難將叶似雲收楚峽句雨散巫陽叶相逢情有在句不語意難量叶些個事句斷人腸叶怎禁得悽惶叶待與伊句移根換葉句試又何妨叶

高拭詞注南吕調，《九宫大成》入南詞南吕宫引，《歷代詩餘》云仙吕曲也，取以名詞。《汲古》注原刻不載。「約」、「肯」、「別」、「雨」、「不」、「怎」、「試」可平。「花」、「低」、「音」可仄。

滿庭芳 九十五字　一名瑣陽臺　瀟湘夜雨　滿庭霜　話桐鄉　江南好　滿庭花

警悟

蝸角虚名句蠅頭微利句算來著甚乾忙韻事皆前定句誰弱又誰強叶且趁閒身未老句儘放我豆些子疏狂叶百年裡豆渾教是醉句三萬六千場叶　思量叶能幾許句憂愁風雨句一半相妨叶又何須抵死句說短論長叶幸對清風皓月句苔茵展豆雲幕高張叶江南好豆千鍾美酒句一曲滿庭芳叶

《太平樂府》注中呂宮，高拭詞注中呂調，《九宮大成》入南詞中呂宮引。周邦彦詞名《瑣陽臺》，周紫芝詞名《瀟湘夜雨》，與趙長卿正調不同。葛立方詞名《滿庭霜》，韓淲詞有「甘棠遺愛，與話桐鄉」句，名《話桐鄉》。吴文英因蘇詞有「江南好」句，名《江南好》。張埜詞名《滿庭花》。換頭第二字叶韻。「何須抵死」四字，平仄與各家互異。「儘」、「放」、「我」、「百」、「一」、「抵」、「一」可平。「些」、「三」、「風」、「茵」、「雲」可仄。「教」平聲。

又一體九十五字

晏幾道

南苑吹花句西樓題葉句故園歡事重重韻憑闌秋思句閒記舊相逢叶幾處歌雲夢雨句可憐流水各西東叶別來久豆淺情未有句錦字繫征鴻叶　年光還少味句開殘檻菊句落盡溪桐叶謾留得尊前句淡月西風叶此恨誰堪共説句清愁付豆緑酒杯中叶佳期在豆歸時待把句香袖看啼紅叶

「可憐」句作七言詩句，換頭二字不叶韻，與蘇作異。「可憐」句，葉《譜》作「可憐便流水西東」。「清愁付」三字，一本作「消愁時」，誤，今從《汲古》本。「思」去聲。「別」作平。

又一體九十七字

張耒

裂楮裁筠句虛明瀟灑句製成方丈屠蘇韻草蒲團坐句中置一山爐叶拙似春林鳩宿句易于□豆秋

野鶉居叶誰相對豆時傾孟婦句石鼎煮寒蔬叶　嗟吁叶人生隨分足句風雲際會句漫付伸舒叶且偷取閒時句向此躊躇叶漫取黄金建廈句繁華夢豆畢竟空虚叶争如且豆寒村廚火句湯餅一齋盂叶

見《樂府雅詞》。换頭句多二字叶韻，餘同。原本空缺甚多，不知有誤否。

又一體九十五字　秦觀

山抹微雲句天黏衰草句畫角聲斷譙門韻暫停征棹句聊共引離樽叶多少蓬萊舊事句空回首豆烟靄紛紛叶斜陽外豆寒鴉數點句流水繞孤村叶　消魂叶當此際句香囊暗解句羅帶輕分叶謾贏得青樓句薄倖名存叶此去何時見也句襟袖上豆空染啼痕叶傷情處豆高城望斷句燈火已黄昏叶

《避暑録話》云：秦少游善爲樂府，本隋煬帝詩，取以爲《滿庭芳》詞。

愚按：此調作者如林，據《避暑録話》當是淮海創調。然蘇詞末句有「滿庭芳」字，在秦前，不知誰作。姑兩存之。「萬」字，葉《譜》作「數」，「已」字作「欲」。

又一體九十三字　黄公度

一徑叉分句三亭鼎峙句小園別是清幽韻曲闌低檻句春色四時留叶怪石參差卧虎句長松偃蹇拏

虬叶攜笻晚豆風來萬里句泠撼一天秋叶　優游叶消永晝句琴樽左右句賓主風流叶且偷閒句不妨身在南州叶故國歸帆隱隱句西崑往事悠悠叶都休問豆金釵十二句滿酌聽輕謳叶

《汲古》原注：公自高要倅攝恩平郡事，郡有西園，乃退食游息之地。

前後第六、七句各六字，作對偶，與各家不同。只此一首。一本「長松」下有「瘦」字，「西崑」上有「念」字，改易原本，大謬。

又一體九十三字

程　珌

戊戌上元喜霽訪開桃洞

去臘飛花句今春未已句迤邐將度元宵韻俄然甲子句青帝下新條叶淨埽一天塵靄句紅輪滿豆大地山河叶從今好豆便當聽取句萬國起歌謠叶　有人當此際句鋤雲深塢句剪月中阿叶已占斷春風句自種仙桃叶更扶疏桂影句直從巖底句上拂雲梢叶仍爲我豆長摩松石句無負此清波叶

後段第六、七、八句作一五、兩四字句，與各家異。歌戈韻與蕭肴韻同叶，太雜，不可從。

又一體九十七字

胡翼龍

愁徹檐花句吟枯硯海句日長多費茶烟韻懷芳心苦句持此過年年叶雨外飛紅何許句應流到豆采

綠洲邊叶銷凝處豆別離情緒句正是海棠天叶　吹花題葉事句如今夢裡句記得依然叶料歸來豆鶯居春後句燕占人先叶誰念文園倦客句琴空在豆懶向人彈叶愁何極豆楚天老月句偏是到窗前叶

後段第四句七字，比各家多二字。

又一體九十八字

送春　陳偕

榆莢抛錢句桃英胎子句楊花已送春歸韻未成萍葉句水面綠紋肥叶沙暖溪禽行哺句忘機處豆雛母相隨叶重簾静豆銅壺畫歇句聲度竹間棋叶　人生如意少句樂隨春減句恨爲情離叶怕牽愁勾怨句漸近金徽叶浮世更相代謝句江頭明月句渡口斜暉叶關情處豆摩挲釣石句莫遣上苔衣叶

後段七、八兩句兩四字，與各家不同。

江南好九十四字

吴文英

友人還中吴，密圍坐客，杯深情浹，不覺霑醉。越日，吾儕載酒問奇字，時齋示《江南好》詞，紀前夕之事。聊次韻。

行錦歸來句畫眉添嫵句暗塵重拂雕籠韻穩瓶泉暖句花隘鬥春容叶圍密籠香晻靄句煩纖手豆新

點團龍叶溫柔處豆垂楊嚲髻句□暗豆花紅叶　行藏多是客句鶯邊話別句橋下相逢叶算江湖幽夢句頻繞殘鐘叶好結礬兄梅弟句莫輕似豆西燕南鴻叶偏宜醉豆寒欺酒力句簾外凍雲重叶

此因蘇詞有「江南好」句，故立別名，實是一調。與《憶江南》之別名《江南好》無涉。前結句《汲古》缺「燭」字，一本作「映立」二字。當是「燭暗豆花紅」五字，今改正。「礬兄梅弟」四字，《汲古》作「梅兄礬弟」。

轉調滿庭芳九十六字

劉燾

風急霜濃句天低雲淡句過來孤雁聲切韻雁兒且住句略聽自家說叶你是離群到此句我共那人纔相別叶松江岸句黃蘆影裡句天更待飛雪叶　聲聲腸欲斷句和我也淚珠句點點成血叶這一江流水句流也嗚咽叶告你高飛遠舉句前程事豆永無磨折叶休煩惱豆飄零聚散句終有見時節叶

此用仄韻，見《樂府雅詞》及《花草粹編》，小有異同。《古今詞話》作無名氏。轉調者，用仄韻即轉入別調也。李清照平韻詞亦名《轉調滿庭芳》，未詳何意。後段次句比各家多一字。「我共那」句，一作「我共個人人纔別」。「我」字下，《詞譜》及各本皆無「共」字。「休煩惱」，一作「須知道」，今從《花草粹編》本。「聽」去聲。

三部樂九十九字

情景

美人如月韻乍見掩暮雲句更增妍絶叶算應無恨句安用陰晴圓缺叶嬌羞甚豆空只成愁句待下床又懶句未語先咽叶數日不來句落盡一庭紅葉叶　今朝置酒強起句問爲誰減動句一分香雪叶何事散花卻病句維摩無疾叶卻低眉豆慘然不答叶唱金縷豆一聲怨切叶堪折便折句且惜取豆少年花發叶

《九宫大成》入南詞高大石調正曲，《填詞名解》云商調曲，許《譜》同。

《唐書・禮樂志》云：明皇分樂爲二部，堂下立奏謂之立部伎，堂上坐奏謂之坐部伎。又酷愛法曲，選坐部伎子弟三百，教梨園爲法曲部。《宋史・樂志》云：法曲、龜兹、鼓笛爲三部，凡二十四曲。

「暮」、「下」、「又」、「語」、「減」、「爲」、「不」、「怨」等字用去聲，「堪折便折」用平仄去入，各家同。惟楊澤民於「暮」字用平，吴文英於「語」字用平。「數日不來」，各家用仄平仄仄，與此異。首句各家平仄仄，皆不起韻，《詞律》注韻。《汲古》、《詞律》皆缺「羞」字，誤。從《詞律訂》增。「置酒強起」四字，《詞譜》作「猛起置酒」。「美」、「語」、「落」、「一」、「酒」、「事」、「唱」、「且」、「惜」可平。「安」、「嬌」、「今」、「金」可仄。

又一體九十九字

梅雪　周邦彦

浮玉飛瓊句向邃館靜軒句倍增清絶韻夜窗垂練句何用交光明月叶近聞道豆官閣多梅句趁暗香

未遠句凍蕊初發叶倩誰折取句持贈情人桃葉叶　回文近傳錦字句道爲君瘦損句是人都説叶祇如染紅着手句膠梳黏髮叶轉思量豆鎮長墮睫叶都只爲豆情深意切叶欲報信息句無一句豆堪喻愁結叶

此調《片玉詞》、《清真集》俱不載。首句不起韻，「倩誰」句用去平入上，「欲報」句用平去去入。「堪喻」句用平去平入，各家同，與前作差異。《詞律》無「近」字，從《詞律訂》增。「静」、「暗」、「未」、「蕊」、「錦」、「瘦」、「墮」、「喻」用仄。

又一體 九十九字

方千里

簾捲窗明句聽杜宇乍啼句漏聲初絶韻亂雲收盡句天際留殘月叶奈相送豆行客將歸句悵去程漸促句霽色催發叶斷魂別浦句自上孤舟如葉叶　悠悠音信易隔叶縱怨懷恨語句到見時難説叶堪嗟水流急景句霜飛華髮叶想家山豆路窮望睫叶空倚仗豆魂親夢切叶不似嫩朵句猶能替豆離緒千結叶

前段第五句五字，比周作少一字。後段三句五字，比周作多一字。此和周原韻，不應參差。然集中似此增減一二字甚多，説見後。「斷魂別浦」、「不似嫩朵」二句爲仄平仄仄，平仄仄仄。「乍」、「去」、「漸」、「易」、「怨」、「恨」、「望」、「緒」用去聲。

又一體九十九字

賦姜石帚漁隱　　吴文英

江鴉初飛句蕩萬里素雲句際空如沐韻詠情吟思句不在秦箏金屋叶夜潮上豆明月蘆花句傍釣蓑夢遠句句清敲玉叶翠罌汲曉句欸乃一聲秋曲叶　越裝片篷障雨句半竿渭水句伴鷺汀幽宿叶那知暖袍挾錦句低簾籠燭叶鼓春波豆載花萬斛叶帆鬣轉豆銀河可掬叶風定浪息句蒼茫外豆天浸寒緑叶

後起第二、三句，一四、一五字。「清」字用平，與前異。楊澤民一首與此同，惟於「清」字用上聲，「浸」字用平聲。換頭句，《汲古》、《詞律》作「片篷障雨乘風」，今從毛扆校《汲古閣本》。「翠罌汲曉」、「風定浪息」爲仄平仄仄，平仄仄仄。「素」、「釣」、「夢」、「障」、「半」、「渭」、「萬」、用去聲，勿誤，「思」亦去聲。

無愁可解百九字

國士范日新作越調《解愁》，洛陽劉九伯壽聞而悦之，戲作俚語之詩，天下傳詠，以爲幾于達者。龍邱子猶笑之。此雖免乎愁，猶有所解者也。夫游于自然而托于不得已，人樂亦樂，人愁亦愁，彼且惡乎解哉？乃反其詞作《無愁可解》。龍邱子，陳慥季常也。

愚按：「國士」當作「國工」。「范」，據《避暑録話》當作「花」。

光景百年句看便一世韻生來不識愁味叶問愁何處來句更開解個甚底叶萬事從來風過耳句又何用豆著在心裡叶你喚做豆展卻眉頭句便是達者句也則恐未叶　此理本不通言句何曾道豆歡游勝如名利叶道則渾是錯句不道如何即是叶這裡原無我與你叶甚喚做豆物情之外叶若須待醉了句方開解時句問無酒豆怎生醉叶

此自度曲，他無作者。

「又何用」句《汲古》、《詞律》作「何用不著心裡」。「眉」字下缺「頭」字。其意皆欲前後段同，不知所多字皆襯字也。今據《詞律訂》改正。起處當於「看」字句，「世」字讀，與後段正合。只換頭句多一字。《詞律》於「年」字句，「世」字起韻，恐未確。篇中多以上入作平，惜無他詞可證，未便臆注。

念奴嬌百字　一名大江東去（或無去字）　酹江月　赤壁詞　白雲詞　壺中天（或加慢字）　千秋歲　壽南枝　古梅曲　大江西上曲　太平歡　淮甸春　百字謠　無俗念　百字令　杏花天　慶長春　湘月

中秋

憑高眺遠句見長空萬里句雲無留迹韻桂魄飛來光射處句冷浸一天秋碧叶玉宇瓊樓句乘鸞來去句人在清涼國叶江山如畫句望中烟樹歷歷叶　我醉拍手狂歌句舉杯邀月句對影成三客叶起舞徘徊風露下句今夕不知何夕叶便欲乘風句翻然歸去句何用騎鵬翼叶水晶宮裡句一聲吹斷橫笛叶

《碧鷄漫志》云：大石調《念奴嬌》，世以爲天寶間所製曲。後轉爲道調宫，又轉入高宫大石調，《白石詞》注雙調，《高拭詞》注大石調，又中吕調《九宫大成》入南詞高大石調正曲。因詞句名《赤壁詞》，又名《酹江月》。米友仁詞名《白雲詞》。張掄詞名《壺中天》，曾覿詞加「慢」字。游文仲因張詞句又名《千秋歲》，與歐陽修正調不同。韓淲詞有「年年眉壽，坐對南枝」句，名《壽南枝》，又名《古梅曲》。戴復古詞有「大江西上」句，名《大江西上曲》。姚述舜詞有「太平無事，歡娱時節」句，名《太平歡》。張輯詞有「柳花淮甸春冷」句，名《淮甸春》。鮮于樞詞名《百字謡》。邱處機詞名《無俗念》。張翥詞名《百字令》。林正大詞括東坡《飲杏花下》詩，又名《杏花天》，與《端正好》之别名不同。高信卿詞名《大江東去》。《翰墨全書》名《慶長春》。姜夔詞名《湘月》，自注鬲指聲，明楊慎改名《賽天香》

《開元天寶遺事》云：念奴者，有姿色，善歌唱，每執板當席顧盼。帝謂妃子曰：「此女妖麗，眼色媚人。」每囀歌喉，則聲出于朝霞之上，雖鐘鼓笙竽嘈雜而莫能遏。宫妓中帝之鍾愛者也。元微之《連昌宫詞》注云：念奴，天寶中名倡，善歌。李肇《國史補》云：李衮善歌於江外，名動京師。崔昭入朝，密載而至。乃邀賓客，請第一部樂及京邑之名倡，以爲盛會。昭言有表弟請登末座，令衮弊衣而出，滿座嗤笑之。少頃命酒，昭曰：「請表弟歌。」座中又笑。及喉囀一聲，樂人皆大驚，曰：「是李八郎也。」羅拜之。李清照云：新及第進士開宴曲江，歌者曹元謙奏《念奴嬌》衆皆稱賞。李易服隱姓名同往（節録）。此説小異，是唐時早有此調也。

换頭次句四字，三句五字，此一體也。兩結句用仄平平仄平仄，是定格，勿誤。前段第二、三句有作一三、一六字者，可不拘。《詞律》不收此詞，反以辛棄疾作爲正格，是不考時代之過也。此調宜用入聲韻爲是。「眺」、「萬」、「桂」、「冷」、「一」、「玉」、「我」、「拍」、「舉」、「影」、「起」、「不」、「便」、「水」可平。「憑」、「雲」、「秋」、「乘」、「來」、「江」、「如」、「邀」、「今」、「何」、「翻」、「歸」、「何」、「宫」可仄。「歷」作平。

又一體百字　一名大江東去　酹江月

赤壁懷古

大江東去句浪聲沉句千古風流人物韻故壘西邊句人道是豆三國孫吴赤壁叶亂石崩雲句驚濤掠岸句捲起千堆雪叶江山如畫句一時多少豪傑叶　遥想公瑾當年句小喬初嫁了句雄姿英發叶羽扇綸巾句談笑處豆檣櫓灰飛烟滅叶故國神游句多情應是句笑我生華髮叶人生如寄句一樽還酹江月叶

《九宫大成》入北詞高大石角隻曲。

《容齋隨筆》云：向巨源云：元不伐家有魯直所書東坡《念奴嬌》，與今人歌不同者數處。如「浪淘盡」爲「浪聲沉」，「周郎赤壁」爲「孫吴赤壁」，「穿空」爲「崩雲」，「拍岸」爲「掠岸」，「多情應笑我，早生華髮」爲「多情應是，笑我生華髮」，「如夢」爲「如寄」，不知此本今何在也。

亦名《酹江月》，前段次句三字，三句六字，换頭次句五字，三句四字，兩第四句於四字句，下三字逗屬下句。此又一體也。《詞綜》謂後次句必宜四字，「了」字屬下乃合。又謂「多情」二句，世作「多情應笑我」，益非。《詞律》謂九字一氣，此説亦不必。不知此詞有兩體，且有平仄二韻。宋人中似此者甚多，如後叶、曾諸作可證。凡詞體皆當以宋名家比校，不得臆斷。《詞律》未見洪本，嘵嘵置辯，殊覺辭費。此詞字句，今本多不同，洪邁是南宋初人，況山谷手書，必非僞托。當從《容齋隨筆》本。「一時多少豪杰」，「一尊還酹江月」二句應爲仄平平仄平仄，勿誤。「沉」可仄。

又一體九十九字　　曾紆

片帆暮落句正前村梅蕊句愁人如雪韻南陌西溪句長記得豆疏影橫斜時節叶六出冰姿句玉人微步句笑裡輕輕折叶蘭房沉醉句暗香曾共私竊叶　回首萬水千山句一枝重見處句離腸千結叶料想臨鸞句消瘦損豆時把啼紅浥叶怎得伊來句許多幽恨句共撚青梢說叶如今千里句斷魂空對明月叶

見《梅苑》。「時把」句五字，比各家少一字，想是脫落。「暗香曾共私竊」、「斷魂空對明月」二句應爲仄平平仄平仄。

又一體百字　一名百字令　　葉夢得

南歸渡揚子作，雜用淵明語。

故山漸近句念淵明歸意句翛然誰論韻歸去來兮句秋已老豆松菊三徑猶存叶稚子歡迎句飄飄風袂句依約舊衡門叶琴書蕭散句更欣有酒盈尊叶　惆悵萍梗無根叶天涯行已遍句空負田園叶去矣何之句窗户小句容膝聊倚南軒叶倦鳥知還句晚雲遥映句山氣欲黃昏叶此中真意句故應欲辯忘言叶

此用平韻，同蘇第二體。換頭句叶韻，《汲古》注：或刻《百字令》，字句迥異。可見《百字令》之名，是後人所加，字句並非迴異，殊失詳考。「更欣有酒盈尊」、「故應欲辯忘言」二句爲仄平平仄平平。「故」、「漸」、「晚」可平。「然」、「歸」、「琴」、「山」、可仄。「有」，「欲」作平，「應」平聲。

又一體 百字

代洛濱次石林韻　　張元幹

吳淞初冷句記垂虹南望句殘日西沉韻秋入青冥三萬頃句蟾影吞盡湖陰叶玉斧爲誰句冰輪如許句宮闕想寒深叶人間奇觀句古今豪士悲吟叶　蒼弁丹頰仙翁句淮山風露底句曾賦幽尋叶老去專城猶好客句時擁歌吹登臨叶坐揖龍江句傾杯相屬句桂子落波心叶一聲猿嘯句醉來虛籟千林叶

換頭句不叶韻，餘同葉作。「古今豪士悲吟」、「醉來虛籟千林」二句爲仄平平仄平平，勿誤。「觀」去聲。

又一體 百字

水仙　　陳允平

漢江露冷句是誰將瑤瑟句彈向雲中韻一曲清泠聲漸杳句月高人在珠宮叶暈額黃輕句塗腮粉艷句羅帶織青葱叶天香吹散句佩環猶自丁東叶　回首杜若汀洲句金鈿玉鏡句何日得相逢叶獨立飄飄烟浪遠句襪塵羞濺春紅叶渺渺予懷句迢迢良夜句三十六陂風叶九疑何處句斷魂飛渡

千峰叶

此亦用平韻，同蘇第一體。

愚按：此調別名最多，其實無異。或宮調有不同者。舊譜皆以字句強分，殊屬支離。至體格有仄韻二體，平韻二體，列此四體，此調盡之矣。《詞律》謂原名《百字令》，豈有做九十八字與百一、百二字者乎？余謂字之增減，原有傳寫之訛。但調名《百字令》、《百字謠》皆後人所改，并非初名，不得以百字爲定衡。總視其體格何如，詳審論定，庶免臆斷。「珮環猶自丁東」、「斷魂飛渡千峰」二句爲仄平平仄平平。

壺中天九十八字

歐良

日長晴晝韻厭厭地豆懶向窗前絣綉叶困倚屏風無意緒句把眉兒雙皺叶似醉還醒句纔眠又起句頻撚花枝嗅叶看他兒女句閒尋百草來鬥叶　相思能幾何時句料歸期不到句有恁時候叶生怕鴛鴦被冷句旋爇沈檀熏透叶欲把單衣句鼎新裁剪句又怕伊春瘦叶試看今夜句孤燈還有花否叶

前段第五句五字，後段第四句六字，與各家異。餘同蘇第一體。此調名《百字令》，原當百字。既有此體，且名《壺中天》，並非《百字令》，不得不收以備格。明楊慎一首于前第五句亦作五字，皆誤讀前作之過。宋人中錯填者頗多，并非訛脱。論詞者皆當以諸名家校勘，其餘亦不足爲法也。「閒尋百草來鬥」、「孤燈還有花否」爲仄平平仄平仄。前「看」去聲。後「看」平聲。

湘月百字

姜夔

長溪楊聲伯典長沙楫櫂，居湘江。窗間所見，如燕公郭熙畫圖，卧起幽適。丙午七月既望，聲伯約予與趙景魯、景望、蕭和父、裕父、時父、恭父大舟浮湘，放乎中流。山水空寒，烟月交映，淒然其爲秋也。坐客皆小冠練服，或彈琴，或浩歌，或自酌，或援筆搜句。予度此曲，即《念奴嬌》之鬲指聲也，于雙調中吹之。鬲指亦謂之過腔，見晁无咎集。凡能吹竹者，便能過腔也。

五湖舊約句問經年底事句長負清景韻暝入西山句漸喚我豆一葉夷猶乘興叶倦網都收句歸禽時度句月上汀洲冷叶中流容與句畫橈不點清鏡叶　誰解喚起湘靈句烟鬟霧鬢句理哀弦鴻陣叶玉麈談元句歎坐客豆多少風流名勝叶暗柳蕭蕭句飛星冉冉句夜久知秋信叶鱸魚應好句舊家樂事誰省叶

原注雙調。

此調即，《念奴嬌》之鬲指聲。鬲與隔通，鬲指者，凡弦管工尺中，上字與四字隔一指。此詞用上去聲韻，正合上字住。比《念奴嬌》之四字住，僅隔一指。字句雖同，宮調實别。且「負」字用仄，前後第四、五句，上四、下九字，與蘇第二體同。後次三句上四、下五字，與蘇第二體同。故附列于後，餘詳原題。

愚按：論詞體製，皆當以宫律爲衡，不僅以字句相較，凡詞皆有一、二處可以變化增減，餘則不可移易，各家從同。如此調前段次三句，或作一五、一四字，或一三、一六字。四句或作七言詩句、或上四字句，下三字屬下句。後段次三句，或作上四、下五字，或上五、下四字。此化板爲活法也。换頭句用平（仄）仄仄仄平平。兩結句仄平平仄平仄。此一定不移格也。蘇作仄韻二體，已盡其變。葉、陳改用平韻，各從一體。是以《九宫譜》分隸兩調。若《湘月》用去上韻，則移宫换羽矣。試觀各調，無不皆然。縱有參差，或誤筆，或率筆，或寫刻傳訛，不足取法。諸名家斷不出其範圍也。管窺所及，特發明于此，他調可以類推。質之高明，以爲然否。